巫覡茶館之浣紗路篇（繁體字版）

THE WITCH & WARLOCK TEAHOUSE ON HUANSHA ROAD（SIX CONNECTED LOVE STORIES IN TRADITIONAL CHINESE CHARACTERS）

B杜

British Library Cataloguing-in-Publication Data. A CIP catalogue record for this book is available from the British Library.

ISBN 978-1-915884-22-0 (ebook)

ISBN 978-1-915884-21-3 (print)

For my Family

引子

浣紗鎮是一座千年古鎮，不僅積聚了豐富的文化底蘊，還以嫵媚迷人的小河風光聞名。有句話"家家有雕樑，戶戶有活水"，說的正是江南的民居特色，放在浣紗鎮上，此活水便是浣紗河，它猶如一條碧綠色的飄帶流淌其間，河的兩岸道路順理成章就叫浣紗路。

所謂的"浣紗"，舊時乃指洗紗線（染過色的紗線必須先洗去浮色才能使用）。從這個流傳千年的名字來看，浣紗鎮以前應該是個作坊，不過現如今倒是瞧不出來，因為小橋、流水、人家、長街、老店、戲臺、小廟、古寺……等充斥其間，跟一般的水鄉無異，甚至更精緻些。

就在三步一楊柳，五步一石雕的浣紗路上，不知何時突然冒出一家"奇怪"的店。

何以為怪？首先，店名《巫覡茶館》就很奇怪，有人甚至不知"覡"該怎麼唸？不過店主早有準備，在"覡"字下方標註讀音（二聲Hsi），同時在店門口立了一個人字板，上面工工整整地寫著：凡以神仕者，掌三辰之法，以猶鬼神示之居，在女曰巫，在男曰覡（翻成白話的意思便是施通靈之術者，女性叫巫，男性叫覡）；其次，出現的時間很奇怪。這家茶館的前身是個繡花鞋店，經營不善後一直空置著，某天一覺醒來竟成了茶館，速度之快令人咋舌；其三，經營的方式很奇怪。開的是茶館，當然希望客似雲來，但實際情況好像並非如此，比如茶館的雕花木門總是關得嚴嚴實實的，從外面看不見裡面；還有，門板上雖然掛著"營業中"的牌子，但門總是推不開，所以即使客人有心上門，大概很快會打消主意。

正當大家以為這是一家永遠不開張的茶館時，門忽然被推開了，巫覡茶館總算有了第一位客人……

第一位客人：卓家新

卓家新 _1

I

如果不是為了蒐集論文資料，卓家新不會頂著寒風出門。氣象報告說今天會下雪，他得趕在大雪紛飛前搭上高鐵往南，好避開嚴寒。

當卓家新站在梧桐路上冷得直打哆嗦時，有輛出租車經過，並且在約一百米處停了下來，他立馬飛奔過去，可惜還是晚了一步。

"這司機的動作可真快！"卓家新忍不住抱怨。

"再等等吧！"剛下車的女子對他說，"也許下一輛出租車很快會來。"

卓家新已經在這條路上等了十多分鐘，所以不抱太大希望，倒是該女子的面部表情很耐人尋味。

"看妳望眼欲穿的樣子，是不是有東西落在車上？"他問。

“沒有，只是這家咖啡館不是我想找的，我以為自己還可以重新上車。”

卓家新遂問她想找的咖啡館叫什麼名？她回答不清楚，只知道這家咖啡館從外面看不見裡面，門口還立了一個人字板……

“我知道這家！”卓家新立即插話，“幾個禮拜前我曾想進去喝杯咖啡，結果不得其門而入。”

“為什麼？”

“門鎖住了，開不了。”

“停止營業嗎？”

“怪就怪在這裡，門上掛著‘營業中’的牌子，可是實際情況卻非如此。”

女子表示這聽起來很像她想找的咖啡館，問卓家新能否告訴她怎麼走？

“當然可以。”他答。

卓家新指路完畢，一輛空出租車適時來到，他立即攔下。

“謝謝哈！”女子對他說。

“不客氣。”卓家新把登山包扔進後車座，“祝妳喝得上咖啡！”

卓家新 -2

2

在古代，衣料的色彩起初並不豐富，先民們遂從生活中慢慢摸索出印染衣物的技術，染坊業因此應運而生，至今仍是重要的產業之一。

所謂的染坊，指的是經營布料染色和漂白業務的作坊，這是一個非常古老的行業，早在新石器時代的後期就初見端倪（當時已懂得使用赤鐵礦粉末來染色）。到了商周時期，染坊的技術不斷提高，宮廷中甚至設有專職的官吏（染人）來管理；發展到漢代，染布技術已經很高超，不僅染出的顏色多樣，還懂得漂染、套染、媒染……等。

卓家新讀的是紡織工程專業，畢業論文的選題是《染織類非物質文化遺產的藝術特點》，鑑於浣紗鎮是民間染坊的代表，他便想實地考察一下，順便替論文增加一點兒份量（這個份量不單指論文頁數，還包括質量）。

下了高鐵之後，天氣明顯變暖和，這對卓家新來說是個好消息，因為他不喜歡全身上下裹得像個粽子似的。

跳上公交車，又走了一小段路，卓家新終於來到傳說中的浣紗鎮。啊！這真是一個美麗的小鎮，那穿鎮而過的河道，那雕刻精緻的石拱橋，那傍水而築的民居，那長著青苔的石駁岸……等，讓他不禁聯想起詩詞《天淨沙•秋思》中的名句"小橋流水人家"，好一幅古韻濃厚、活靈活現的水墨畫呀！

"嘟……嘟嘟……"手機響了，卓家新接聽。

"你在哪裡？"對方問。

"我在蒐集論文資料。"

"我爸跟你說了什麼？"

"沒什麼，就談了一些家常。"

"我不信，他肯定說了什麼，否則你不會不告而別。"

"妳想多了，若真要不告而別，我就不接聽妳的電話了。"

他倆因為這個話題，扯了十多分鐘，直到手機沒電，對話才被迫結束。

到了下塌旅館，卓家新首先該做的應該是將手機充電，同時立馬撥給小魚兒，但他沒這麼做，而是選擇關機。

在旅館稍做休息後，卓家新決定到小鎮上走走，順便解決民生問題。

"請問這附近有沒有好點兒的飯館？"卓家新問坐在前臺的小男孩。

小男孩回答石虎橋附近的石虎餐廳可以一試。

"石虎橋怎麼走？"卓家新又問。

"出門右拐你會看到浣紗河，沿河往北走約十分鐘就到了。"

"謝謝！"

"不客氣。"

卓家新心想這個小男孩跟方才替他辦理入住手續的老闆肯定是父子關係，因為他們同樣留著小平頭且有一對令人過眼難忘的招風耳。

依著小男孩的指示，卓家新出門右拐，然後沿河北上，走了約莫十分鐘，果然看到石虎橋（原來橋上雕刻了好幾隻形態逼真的老虎，他猜這正是橋名的由來）。

既然找到石虎橋，那麼石虎餐廳應該近在咫尺了，果然……

"有什麼推薦的？"卓家新坐下後，問面無表情的服務員。

"白絲魚、阿婆菜、馬頭蘭、白蜆子。"

"那麼各來一份，再加一碗白米飯。"

"飲料呢？"

"青島啤酒。"

這麼一餐花掉兩百多元，跟大城市的消費差不多，問題是味道還一般，整體的性價比並不高。

卓家新心想小男孩肯定不懂什麼是"好點兒"的飯館，這不光指裝修，還包括味道。不諱言地說，學校食堂的飯菜都比這個可口，價格還低，一份小炒肉也只要8元而已。

吃完"沒什麼特別"的晚餐，卓家新來到河邊，此時兩岸的商舖和民居燈火通明，照得河面波光粼粼，像灑上銀粉似的。

"小魚兒的父親還要五天才會離開，這小鎮看起來不大，希望我能在此待滿五天而不覺得無聊。"卓家新邊看"銀河"邊想著。

卓家新 _3_

3

如果有人問卓家新為什麼要選擇紡織工程專業？他的回答在大二以前是"分數剛好到了，所以讀了"，但大二那年的聖誕舞會結束後，他的答案驟然改變。

"你為什麼選擇紡織工程專業？"小魚兒問他。

"這樣我才能遇見妳。"他答。

小魚兒是臺胞，同時也是同一所學校的大一學妹。

"真的假的？"她問。

"當然是真的。"卓家新緊張起來，"如果四個月前有人問我這個問題，答案肯定不一樣，但現在的我的確是這麼想的，不信的話，我可以對天發誓……"

小魚兒咯咯咯地笑，像悅耳的銅鈴聲。

"你好好玩喔！"她說。

"我不是用來玩的。"卓家新一臉嚴肅地答。

這下子小魚兒笑得前仰後合，最後竟掛在他身上，倒讓卓家新感到詫異，這女生未免也太開放了吧？！

"妳還好嗎？"他問。

"厚，一整個都被你打敗了啦！"她離開他，"你確定你是地球人？"

"我是。"

這次小魚兒笑得蹲在地上，害卓家新不知如何是好，尤其路人紛紛投來好奇的眼光。

"妳……妳能告訴我哪裡說錯了嗎？"卓家新小心地問。

"你沒錯，"小魚兒終於止住笑，接著站起身，"看來我們需要多接觸一下。"

果然接觸久了，卓家新已經能跟上節奏，知道有些話只是臺灣人的口頭禪，不一定是字面上的意思，當然也就不會上崗上線地多加解釋。

某晚，趁著氣氛剛好，卓家新問小魚兒願不願意當他的女朋友？

"不願意。"一答完，小魚兒立刻在他的臉頰上小啄一下。

卓家新一時迷糊，這是願意還是不願意？

"你是不是覺得奇怪？"她問。

"是的。"

"我爸說我的男朋友要經過他審核，同意過後才能交往。"

原來如此！

於是他把自己的家世仔仔細細地交待一遍，包括父母都是公職人員，家裡有房有車，不是什麼亂七八糟的人。

“公職人員？”她問。

“嗯！地方上的小官。”

不知怎的，小魚兒的臉色忽然黯淡下來。

“妳怎麼了？”他問。

“沒什麼啦！”她又笑顏逐開，“你不是說要請我吃棗糕？走！現在就去。”

幾天後，小魚兒告訴卓家新——她的室友參加派對去了，今晚不會回來。

“什麼意思？”他明知故問。

“哎呀！你好機車nei，怎麼可以問我這個問題？”

這裡的“機車”跟摩托車或電動車無關，而是“難搞、討厭”的意思，而那個“nei”讀成輕聲，是語尾助詞，無意義。

後來卓家新還是跟著小魚兒回她家，並且意外得知這是個單人住的兩居室商品房，沒有所謂的“室友”。

“妳好機車nei，竟敢騙我？！”卓家新學小魚兒說話，聲音嗲嗲的。

“你很煩nei！”小魚兒推他一把。

卓家新趁機抱住她，問：“妳爸要怎麼審核我？”

“別緊張，只是走個形式而已，我覺得好就行。對了，今晚你住客房，被褥洗過，保證乾淨。”

那一晚才剛睡下，小魚兒就跑過來跟他擠一塊兒，理由是她聽到客廳傳來奇怪的聲音。

“真的假的？”卓家新做爬起狀，“我去查看一下。”

小魚兒反身將他撲倒，語帶威脅地說：“你若敢去，我馬上跟你切！”

這裡的“切”是絕交的意思。

卓家新當然“不敢”。

沒多久，客房傳來奇怪的聲音……

卓家新 _4

4

卓家新直到學期結束才正式跟小魚兒同居，倒不是因為什麼冠冕堂皇的理由，而是宿舍偶爾會查寢，他可不想讓遠在他鄉的父母忽然接到宿管阿姨的"騷擾"電話。

某天，他忽然想到可疑之處，遂問小魚兒："大一新生強制住校，妳怎麼可以搬到校外住？"

"我走讀呀！"

"這……這是妳家？"

"是呀！我父母買給我住的，還說偶爾會過來看我，所以買兩個房間的，結果一次也沒來看我。"

卓家新原以為這商品房是租的，還嘀咕著何必租那麼大？原來是業主呀！難怪小魚兒堅持不收他的錢。

"這房挺貴的吧？！"他三問。

"還好啦！因為看得到市景，所以貴點兒。"

卓家新心想這大概就是傳說中低調的有錢人吧？！明明穿得樸素，用的東西也是小眾品牌，還經常吃學校食堂，怎麼也沒料到竟然會是個富家千金。

"等我畢業找到工作，我會努力攢錢買房子，然後加妳的名字。"卓家新對女友說。

小魚兒似乎大受感動，以致支支吾吾的。

"妳什麼話都不用說，這房是妳父母的，我另外買房給我們的小家。"

話說得滿滿當當，其實卓家新的心裡很沒譜，因為他讀的專業若不走學術路線，就業情況一般都不樂觀，少數找到對口的，月薪大概在三千元左右，大多數則從事不對口的工作，好比銷售、文書或自行創業。

雖然讀的是冷門科系，但卓家新的父母老早就將他的路佈置好了，那就是考公務員（像他們一樣）。眾所周知，體制內的工作相對穩定，但穩定也代表一步一腳印，卓家新可沒那個把握能熬到最後。還有，國家公務員考試難如登天，據說考上的機率在1.28%～5%之間，他連班上的前5%都夠不上，就別提與那些牛校的牛人同場競爭了。

"畢業後，你想找什麼樣的工作？"小魚兒問。

這是卓家新提的話題，女友有此疑問也正常。

"我想找個有挑戰性的工作。"他答。

"那是什麼？"

"寫作。"

卓家新想成為作家不是一時興起，這些年斷斷續續寫了好幾篇小說，都發表在文學網站上，可是至今也沒有出版社伸來橄欖枝。

"寫作是挑戰性的工作嗎？"她又問。

"當然，因為很難成名，所以才富挑戰性。"

這個答案似乎不是小魚兒想要的，她皺了皺眉頭。

"怎麼了？"他問。

"沒什麼啦！"她換了臉色，"我能拜讀一下嗎？"

女友想閱讀自己的作品，那再好不過，卓家新立即把文章調出來。

卓家新 _5

5

夜裡，卓家新偶然驚醒，發現小魚兒正目不轉睛地看著他。

"妳怎麼還沒睡？"他問。

"回答我，如果有一天你成為大作家，會不會把我寫進你的書裡？"

"會，當然會。"

"那麼答應我，不管怎樣，你不能在書裡說我的壞話。"

"我答應妳。"

"也不許說我家人的壞話。"

這個要求挺奇怪的，因為截至目前為止，他還未見過小魚兒的家人，就算見過，他也不會"越界"去批評。

"我答應妳——絕不說妳家人的壞話。"他答。

因為這個回答，小魚兒主動親吻他，這勾起卓家新內心的熊熊慾火，他再度佔有她，直到兩人都筋疲力盡為止。

卓家新 — 6

6

小魚兒就是于小娥，她很不喜歡這個官方名字，以致不惜出言恐嚇。

"大家好，我叫小魚兒，我另外還有個不祥的名字叫于小娥。不瞞各位，那是個被咀咒過的名字，只要唸出那三個字，輕則車毀，重則……呵呵！你們懂的，所以千萬千萬別喊我那三個字，多謝！"

這種"前無古人，後無來者"的自我介紹方式很吸引人，很快小魚兒便火了，而且火得一塌糊塗，這也是卓家新之所以注意到她的原因，否則大一女生這麼多，他怎麼偏偏能萬裡挑一？

然而注意不代表欣賞，意思是小魚兒還有其個人魅力在（除了臺式普通話讓人難以忘懷外，她那孩子似的個性也是亮點），所以卓家新才會情不自禁地愛上她。

"小魚兒，昨天我在校園裡看到一條鱷魚，至少有兩米長。"卓家新說。

"真的假的？你有報告給學校嗎？"

從這個回答不難看出小魚兒上鉤了，這要說出去，大概90%的成年人都會選擇不相信。

"妳怎麼就這麼傻？"卓家新摸摸她的頭，"被賣還幫著數錢，說的就是妳！"

小魚兒把弄亂的頭髮用手抓整齊，然後答："安啦！這世上不會有人斗膽敢賣掉我，除非不想活了。"

"就這麼自信？"

"當然，因為我爸會發出全球追殺令。"

卓家新把這段話當成笑話，殊不知再真實不過，並且在幾天後的夜裡第一次被震撼到⋯⋯

"于小娥，開門！妳把門反鎖了，我要怎麼進來？幹！"

聽到聲音，小魚兒跳起，緊接著壓低聲音對卓家新說："我爸來了，別出聲！"

知道"岳父大人"來了（還是以這種出其不意的方式），卓家新嚇得瑟瑟發抖，再想到自己身上如此"清涼"，趕緊起床著裝，結果不小心打翻床頭櫃上的香薰爐，發出"哐啷"一聲，他心想——完了！

"爸，我八肚么，我們出去呷宵夜。"這是小魚兒的聲音。

"現在已經凌晨一點多了。"這是"岳父大人"的聲音。

"凌晨三點還能呷宵夜，何況一點？走！現在就去。"

這對父女前腳一走，卓家新後腳也跟進，離去前還不忘"毀屍滅跡"，把一個男人曾經居住過的痕跡一一抹去。

次日，小魚兒如喪考妣地出現在卓家新面前。

"怎麼了？是不是昨晚妳爸給妳麻煩了？"他問。

"也是也不是，他……他想和你見面。"

"見面？為什麼？"

話一說完，卓家新立刻察覺到小魚兒的不開心。

"對不起，是我給妳添麻煩了。"他擁她入懷，"妳如果要我去，我就去，全聽妳的。"

後來卓家新被帶到一家日式料理店的大包廂內，裡面有一長溜的矮桌。他脫鞋進入，然後在塌塌米上坐下，大氣不敢吭一聲，像極了小弟拜見黑幫頭子。

"你就是那個即使被砍斷三條腿也要跟溫姿囡兒在一起的憨大呆？"

此話一出，卓家新的心又往下沉了好幾十米。

"我……我是真心愛著小魚兒。"他說。

"什麼小魚兒？我女兒叫于小娥。"

"我是真心愛著于小娥。"

此時的"岳父大人"脫下外套，再鬆開襯衫上的扣子，然後把袖子往上捲，卓家新因此看到胸前和臂膀上的大面積刺青，又是龍，又是虎的。

"你現在還愛著我女兒嗎？"那個殺氣騰騰的男人問。

"我……我能晚點兒再答覆您嗎？"

"聽著，我會在此停留五天，希望我離開前能得到一個滿意的答案。"

這就是卓家新逃到浣紗鎮的主因，"蒐集論文資料"不過是順帶的。老實說，若沒有這段插曲，他大概會等到來年開春再南下。

“哎！既來之則安之，”卓家新邊瞪著旅館的天花板邊想，“明天我就上錢家染坊瞧瞧，也許會有不菲的收穫。”

卓家新 _7

7

旅館老闆說錢家染坊在浣紗河下游，屋外種了一大片楊柳，很容易找到。

既然容易找到，卓家新便打算先走陸路再走水路，只要方向對了，殊途一樣可以同歸。

隔天吃完早餐（瓷飯糰加小餛飩），卓家新踏著凹凸不平的青石板，信步於幽深的街巷和白牆黑瓦的民居之中。與水路相比，這裡的巷道顯得更為狹小，有的僅容兩人並排走。

就這麼湊巧，卓家新剛踏進另一條巷子便迎上一名十三、四歲的女孩，手裡牽著一頭牛。

少女見狀，立即站在牛前，好讓卓家新通行。

"不，不需要這麼麻煩，我退出去就是。"他說。

等兩人一牛皆走出巷子，少女立刻向卓家新道謝。

“不用謝，小事一樁。”他停頓了一下，“這牛一大早去哪兒
？”

“給畫家當模特兒。”

“真的假的？”

話一說出，卓家新才驚覺自己竟在潛移默化之中染上小魚
兒的口頭禪。

“當然是真的，不信的話，你可以跟我過去瞧瞧。”少女一本
正經地答。

卓家新本想拒絕，但再一想，反正沒事，何不跟過去看看？
於是同意了。

本來卓家新的計劃是先走陸路再走水路，結果少女牽著牛沿
河而下，他也只能順勢而為。

一路上，少女很沉默，顯得牛脖子上的鈴鐺聲格外響亮。

“牛脖子上的鈴鐺是妳給掛的？”卓家新問。

“不是，是畫家送的，他說好看。”

“租一條牛當模特兒得多少錢一天？”

“不清楚。這是大人的事，我只負責送牛和接牛。”

卓家新還想多問一些，結果在埠頭洗衣服的婦女揚聲問少女
是不是又給畫家送牛去？

“是的。”少女答。

因為這個話題，同樣利用河水洗菜或淘米的婦女開始七嘴八
舌地討論起這個從外地來的畫家，嘲笑聲此起彼落。

卓家新很討厭聽人論是非，只想快點兒走人，結果……

“阿妹，妳旁邊的男人是誰？”某個長舌婦問起。

卓家新趕緊解釋：“我找錢家染坊，順便看看畫家長什麼樣
。”

“畫家租的院子和錢家染坊緊挨著，”另一名婦人開口，“翻個牆過去就是了。”

原來看完畫家，還能順道拜訪錢家染坊，卓家新心想：“這豈不是一舉兩得？太好了！”

卓家新－8

8

浣紗鎮的住宅規模與佈局很有特色，不僅房房相連，中間還以風火牆隔斷，加上每家的面積都不大，導致天井顯得侷促（畫家租下的這屋便是），所以當少女把牛拴在一棵不知名的樹上後，基本只容轉身。

"妳今天晚了。" 男人開門後說。

"牛鬧脾氣，所以晚了一點兒才出門。"

"今天牛的腸胃好不好？"

"應該不錯。"

"昨天我掃了好幾堆糞便，臭死了！"

……

. . . .

當那兩人在對話時，卓家新便觀察畫家，果然如同三姑六婆所言，此人邋遢得很，還好是個大光頭，因為那是全身上下唯一算得上乾淨的部位。

卓家新等著對話結束好跟畫家聊兩句，哪知那人抱怨完畢便關上大門，不給卓家新說話的機會。

"你是不是想上錢家染坊？" 少女忽然問他。

"是的。"

"今天星期一，不開門。"

"真的假的？"

"當然是真的，不信的話，你可以跟我過去瞧瞧。" 少女嚴肅地答。

卓家新本想拒絕（既然今天沒開門，明天再去也行），但橫豎沒事，何不跟過去看看？於是同意了。

三姑六婆說畫家租的小院和錢家染坊緊挨著，翻個牆過去就是。現實是卓家新和少女不可能光天化日之下做這麼丟臉的舉動，於是他們沿著垣牆繞道，就在轉角處，卓家新赫然看到一大片迎風搖曳的楊柳，只是和想像中略有差異（冬季的楊柳並不是全向下低垂，有的會努力往上伸展，像孔雀開屏一樣）。

"哇！楊柳。" 卓家新興奮地說。

少女噗嗤一笑，問他是不是第一次見到楊柳？

這裡三步一楊柳，根本做不到"第一次"目睹，但他次次都有第一次初見的喜悅，原因在於他所住的城市沒有楊柳。

少女說卓家新可憐，他倒不覺得有什麼，每個城市有每個城市的特色，不可能全包了。

"那麼這是不是你第一次上錢家染坊？" 少女又問。

"是的。"

“哎！可惜錯過了。”

卓家新本想解釋自己會在浣紗鎮待上幾天，今日錯過了，明天再來就是，但不知怎的，話到嘴邊又吞下（他和少女不熟，沒必要提這個，不是嗎？）。

“到了，這就是錢家染坊。”少女停下腳步說。

此時的卓家新看到的是類似電視劇上員外的家，門是雙開式的，左側還掛著一個銅牌，上面刻著“錢查青邱”四個大字。

“什麼是‘錢查青邱’？”卓家新問。

“我也不清楚，我幫你問問。”

少女答完，猛力拍打大門，裡面立刻傳來狗吠聲。

“別別別……”卓家新趕緊制止，“染坊今天不是休息嗎？”

“是休息呀！但錢姐姐在，她會跟你解釋什麼是‘錢查青邱’。”

少女話甫歇，門咿呀地被打開，卓家新因此看到一位明眸皓齒的女子，精神為之一振。

“錢姐姐，這位哥哥想知道什麼是‘錢查青邱’。”少女搶著說。

那個眼睛裡有星星的女子遂轉向卓家新，問：“你想知道？”

卓家新只好硬著頭皮承認。

“舊時稱染匠為‘查青邱’，我的祖先世代都是做這一行的，所以在前面冠上姓氏，意思是錢染匠。”她答。

卓家新一聽來勁，趕緊拿出錄音筆，把女子說過的話複述一遍，然後接著問：“這銅牌是地方官賜予的嗎？”

“不是，是我親手製作的。”女子停頓了一下，“請問你是記者嗎？”

"不，不是。"他按下錄音筆的暫停鍵，"我是G大的學生，為了寫畢業論文，特地上這裡蒐集資料。"

一旁的少女熱心地加上一句："這位哥哥只待在浣紗鎮一天。"

"這樣啊～"錢家女子把啊字拉長，代表這件事有轉圜的餘地。

此時的卓家新反倒心虛，既然今天是染坊的休息日，他明天再來就是。結果還沒等他開口，那女子便讓開身來，說："進來吧！你運氣好，今天由錢家後人當你的講解員。"

卓家新 _9

9

一進到染坊，卓家新立刻受到兩隻大狗的"歡迎"，它們頻頻撲到他身上，很是熱情。

"這狗如果養來看家，那可糟了。"卓家新說。

"我也挺驚訝的，平常Chiachia 和 Hsinhsin 對待陌生人可兇了，大概你身上有狗味吧？！"

卓家新沒養過狗，哪來的狗味？倒是狗名（Chiachia 和 Hsinhsin）讓他挺不是滋味。

"這狗名該不會是家裡的家，新舊的新吧？！"他問。

女子聽完笑了，接著澄清是加菲貓的加，欣喜的欣，再怎麼也不會取家裡的家和新舊的新，那兩個名字聽起來很土。

"土嗎？我不覺得，想必妳的名字不土吧？！"卓家新問。

"不土，我叫錢婉兒，溫婉的婉，小魚兒的兒……等等，莫非你的名字……"

"敝姓卓，卓家新……家裡的家和新舊的新。"

錢婉兒頓時羞紅了臉，表示自己說錯話，該罰！

"沒事，名字只是代號，我不介意。"他說（其實他在意的是錢婉兒竟然提到小魚兒，這也太湊巧了）。

"真不介意？"

"真不介意。"

"看來今天我得認真講解，讓你不虛此行，好將功補過。"

卓家新 - 10

10

錢家染坊採"前店後院"的傳統染坊模式（前院和中庭是工作和營業場所、後院則用來居住），此刻，錢婉兒和卓家新站在前院，空地上有許多木製的高聳架子，可以看到成片的布料在太陽底下晾曬，紅的紅、藍的藍、黃的黃、紫的紫，煞是好看！

"我猜紅色是用石榴花染的，藍色是用板藍根，黃色是用薑黃，紫色是用紫蘇。"卓家新說。

錢婉兒很是訝異，問他怎麼知道？

"我讀的是紡織工程專業，畢業論文的選題是《染織類非物質文化遺產的藝術特點》。之所以專程上這裡來是因為聽說錢家染坊不僅年代久遠，還是這一行的翹楚。"

"翹楚不敢當，年代久遠倒是真的，你若有疑問可提出，我會盡我所能地回答你。"

"我倒是有個疑問，請問怎樣才能染出深黑色？是那種真正的黑，非藍黑色。"

於是錢婉兒告訴他——把栗殼，蓮子殼和烏桕加水煮開，撈出雜物後，再放入明礬、鐵砂等與布一起熬煮，出來的顏色便是深黑色。

"我感覺你家的藍色偏亮，除了板藍根，還加入其他嗎？"卓家新又問。

"回答這個問題前，我想知道你的錄音筆能連續使用多長時間？"

"這個嗎？"卓家新舉起筆，"20個小時應該沒問題。"

"挺好的，我也該買一支。"

"冒昧問一句，妳也是學生嗎？"

錢婉兒回答不是，而是她忽然想到如果把一些有意義的聲音錄下來，未嘗不是一種回憶。

"的確，"卓家新說，"但再怎麼好的錄音筆，錄音效果也達不到百分百。還有，自己的聲音和別人聽到的截然不同，通過錄音播放就知道了。"

"真的假的？"她問。

"……當……當然是真的。"他答（卓家新之所以慢半拍是因為錢婉兒說出小魚兒的口頭禪）。

等卓家新回過神來，他讓錢婉兒對著錄音筆說上一段話，接著回放給她聽，以此證明自己所言不假。

"真的耶！我以為自己的聲音沒那麼粗。"她說。

"還好啦！挺有磁性的，我喜歡！"

話一說出口，卓家新立刻後悔，因為這聽起來很輕浮，所以趕緊亡羊補牢："對不起，我的意思是……"

"你的意思是你不喜歡？"

“也不是。”

“那就是喜歡囉！”

卓家新被她整得啞口無言，這要怎麼接？還好錢婉兒適時解除尷尬。

“我回答你剛才的提問，”她說，“我家的藍不是用板藍根染出來的，而是用‘蓼’，這是一種生長在水邊的植物，染色前需要將葉子發酵，發酵後的蓼再和生石灰混合，這樣染出來的藍色會比較鮮亮，而且不容易褪色。”

卓家新 _11

錢家染坊的中庭由迴廊和數個房間圍繞而成，房間內有的放著染布器具；有的懸掛照片和文字說明；有的展示染料來源，包括花、草、莖、葉、果實、種子、皮、根……等。

卓家新不是忙著拍照、錄相，就是問個不停。錢婉兒也很給力，有問必答。

"染色的方法有那麼多種，其中有沒有加入化學原料？"卓家新拋出第N個問題。

"這個你放心，錢家出品的布料絕不含任何化學物，所以不會對人體造成傷害。"

"這裡的一鍋可染幾斤布？"

"約40斤。"

"收益好嗎？"

錢婉兒頓時陷入沉默。

“對不起，問題太尖銳，我收回。”卓家新說。

“不用收回，我可以回答你——收入很不好。傳統染坊雖然有其不可替代性，好比純天然、色彩樸實、不重樣等，但現代機器染布又快又便宜，對於‘快餐文化’言，傳統布染已經失去競爭力。不瞞你說，除了滿足遊客的好奇心，賣參觀門票以增加收入外，錢家染坊基本硬撐著。”

卓家新沒料到會是這個結果，一時竟無言以對。

“其實沒你想的那麼慘，應該算收支平衡，至少沒負債。”她說。

“那就好。”

參觀完中庭，卓家新看到“閒人勿入”的牌子。

“想必後面是私人住所。”他對錢婉兒說。

“是的。”她答。

卓家新下意識望過去，雕刻繁複的柱子和一扇扇棕黑色的雕花窗櫺盡顯江南民居的特色，與北方的絢麗色彩比，要樸實淡雅許多。

“此情此景，讓我憶起歐陽修寫的詞《蝶戀花》，只是現在是初冬，而非春天。”

卓家新話一說完，錢婉兒即刻唸出原文：

庭院深深深幾許，楊柳堆煙，簾幕無重數。玉勒雕鞍遊冶處，樓高不見章臺路。

雨橫風狂三月暮，門掩黃昏，無計留春住。淚眼問花花不語，亂紅飛過鞦韆去。

卓家新眼前一亮，問她是不是喜歡古詩詞？

“是的，我感覺古詩詞有種說不出來的韻味，那種欲語還羞的美感很令人心動。”她答。

卓家新內心的那根弦立即被撥動，這是他第一次在現實生活中遇到同好。

錢婉兒接著表示還有另一首詞也有異曲同工之妙，結果卓家新當仁不讓地把李清照的《浣溪沙》唸出來：

小院閒窗春已深，重簾未卷影沉沉。

倚樓無語理瑤琴，遠岫出山催薄暮。

細風吹雨弄輕陰，梨花欲謝恐難禁。

“太好了！”錢婉兒嫣然一笑，“這是我第一次在現實生活中遇到同好。”

卓家新 -12

12

小魚兒不喜歡古詩詞，她說那些都是茅廁裡的石頭——又臭又硬。

“這個諺語是用來比喻人又壞又頑固。”卓家新說。

“真的假的？我還以為它是用來比喻古詩詞。”

聽到這個，卓家新連抬扛都懶，越扯只是浪費口水而已。

基於以上，也難怪卓家新遇到同樣喜歡古詩詞的錢婉兒會有“相見恨晚、深得我心”的感覺，而這種好感無疑是危險的，因為他和小魚兒的關係正面臨考驗，是繼續走下去還是一拍兩散？誰也說不好。

卓家新 _13

13

旅館老闆一見到從外面歸來的卓家新就說：“忘了告訴你——今天星期一，錢家染坊不開門。”

“我已經參觀過了，還是錢家後人當我的講解員。”

“錢家後人？說的可是錢婉兒？嘖嘖嘖……那個敗家女！”

卓家新一聽，彷彿被當頭一棒，這是怎麼回事？

旅館老闆遂解釋錢家染坊是浣紗鎮的名片，族譜甚至可追溯到一千多年前，可是他家的不肖子孫卻為了錢，把技術傳授給小日本，簡直可恨至極！

傳授給小日本？卓家新直覺不可能，因為今天錢婉兒才提到錢家染坊難以為繼，如果真如旅館老闆所言，早賺得盆滿缽滿了。

“這可是錢婉兒告訴你的？”卓家新問。

"不需要她告訴我，我也會知道。"

這句話的解讀是——旅館老闆是道聽途說的。

卓家新不願加入議人是非的行列（尤其議的還是錢婉兒），
所以快速結束談話，躲回房間內。

卓家新 _14

14

卓家新買的是大後天中午的火車回程票（意思是他還有兩、三天可逍遙），既然已經拜訪過錢家染坊，他不一定非得留在浣紗鎮不可，但冥冥之中彷彿有一股力量將他留下，他思忖著如果多待兩晚，旅館會不會打折扣？

事實證明旅館老闆很摳，一塊錢都不肯少。

眼下卓家新有兩個選擇——要嘛繼續住，要嘛換旅館。想到搬來搬去所耗損的時間和節省下來的金錢不成正比，他很快便打消換旅館的主意。

次日，卓家新步出旅館，隨機攔下一位當地人，問附近有沒有好點兒的早餐店？

"想吃豆漿油條就到阿蘭那裡去；想吃鹹骨粥配小籠包就到嘉義那裡去。"

"那麼請問阿蘭和嘉義在哪裡？"

“阿蘭離石虎飯店約五十米，很好找；嘉義在浣紗河下游，離錢家染坊不遠，拐個彎就到了。”

卓家新知道石虎飯店，來浣紗鎮的第一餐就是在那裡解決的，但今早他不想吃硬梆梆的油條，他想吃鹹骨粥配小籠包。

於是他沿著蜿蜒的浣紗河而下，邊走邊哼歌，顯然，此時的卓家新心情大好，可是越接近錢家染坊，他反倒越畏縮（也是，倘若碰上錢婉兒該怎麼解釋？反過來說，如果沒碰上錢婉兒，他也同樣不好受）。

“哎！早知道就到阿蘭那裡吃油條配豆漿，省得我患得患失。”他心想。

嘉義早餐店並不難找，只是這家蒼蠅館子人太多，他等了好幾分鐘才搶到一個位子（還是跟人拼桌）。

正當他吃著鹹骨粥和小籠包時，有人在他背後喊：“你怎麼在這裡？”

卓家新轉過頭去，原來是昨天的少女。

“我吃早餐哪！”

“我的意思是——你不是只待在浣紗鎮一天？”

“我……我……火車拋錨了，所以改成後天的票。”

“火車拋錨了？奇怪！怎麼會拋錨？”

卓家新被問得很心虛，情急之下，他把鍋甩給鐵路局，說他們沒做定期保養，導致火車拋錨。

“原來如此。”少女恍然大悟，“不過這也好，我正要給錢姐姐帶粥，你也一起去？”

卓家新正愁沒理由再上錢家染坊，沒想到運氣好，機會主動送上門，不過這不表示他沒有疑問。

“為什麼拉我一起去？”他問。

“因為你是文化人，錢姐姐也是，你們兩個應該很有話聊，不像……”她忽然住嘴，“你不想去就算了。”

“我沒說不想去，妳等等，我還剩幾口就吃完了。”卓家新答完，立刻狼吞虎嚥起來。

卓家新 _15

15

還是那條牛，也還是那個光頭畫家，不同的是今天的畫家好像心情不錯，他穿著乾淨的白襯衫和灰長褲，臉色比昨天紅潤，腳上還穿著皮鞋。

"今天不畫了。"畫家一看到少女就說。

"明天畫嗎？"少女問。

"以後都不畫了，妳父母沒告訴妳嗎？"

"沒。"

卓家新忽然想到一件事，遂問畫家付錢了沒？

"付什麼錢？"畫家反問。

"租牛的錢。"

畫家答他就住在這裡，難不成還會賴賬？

卓家新答那可不行，既然從今天起不再租牛，那就應當現在結清，省得阿妹再跑一趟。

"你誰啊你？"畫家揚起聲，之前的喜氣一掃而空。

"我是阿妹的表哥，放假過來探親，是一名員警。"

畫家一聽說對方是個警察，氣勢立即弱了下來。

"我也沒說不付。"他從口袋裡拿出皮夾，抽出三張，"我跟她父母說好三百元包月，這還沒用上一個月呢！算虧的了。"

三百元租一條牛也算合理，卓家新遂不再言語。

拿到錢的少女很開心，跟卓家新謝個不停。

"不用謝，這是妳應得的。"他說。

"當然得謝，要不是你，我可能白忙一場。對了，大學生可以當警察嗎？"少女問。

卓家新猜想她的意思是"在校"大學生可以當警察嗎？

"我只是一名普通的大學生，還沒畢業，當然當不了警察。剛才之所以說謊是為了嚇唬人，好比我也不是妳表哥。"

"嘻！我就知道你不是警察，哪有那麼不兇的警察？"她答。

因為幫少女"討債"成功，卓家新的地位蹭蹭蹭地往上衝，所以當錢婉兒來開門時，少女立即為"恩人"戴上好幾頂高帽子，搞得卓家新很不好意思，趕緊解釋自己只是順便一提，不足掛齒。

"才不是呢！"少女睨了他一眼，"你就是那麼好，誰嫁給你都會幸福！"

話音一落，整個氛圍變得怪怪的，還好錢婉兒適時轉話題，問少女："這粥是給我的吧？！"

"是的。"少女把粥遞過去，"表哥今早也吃粥。"

"表哥？"

卓家新和少女相視一笑，盡在不言中。

"看來你倆有我不知道的祕密。"錢婉兒看了一眼腕錶，"不好意思，我得先吃了，因為今天的講解員少了一個，吃完早餐我得先解決這個問題。"

少女立即插嘴，她說卓家新是大學生，肯定能當講解員。

錢婉兒眼前一亮，但隨即黯淡下來，因為記起卓家新今天走。

少女再次插嘴，表示火車拋錨了，所以卓家新把票改成後天出發。

"火車拋錨了？奇怪！怎麼會拋錨？"

卓家新再次感到心虛，二度把鍋甩給鐵路局，說他們沒做定期保養，導致火車拋錨……

錢婉兒不是懵懂無知的少女，她投來質疑的眼神，卓家新立刻低下頭去。

沉默一會兒後，錢婉兒問卓家新可願當臨時講解員？

"我可以嗎？"他問。

"反正該說的昨天我都說了，你照搬過來就是。"

就這樣，卓家新接下一份"不期而至"的工作。

卓家新 _16

卓家新以為講解員都是"外人"，哪知全是"自己人"，換言之，全姓錢。

"你就是代替阿昌的臨時工？"一個看著沒有七十，起碼也有六十多歲的講解員問。

卓家新不認識阿昌，對"臨時工"的稱號也頗有微詞，但為了省去麻煩，他點頭稱是。

因為這個話題，七大爺八大媽們開始指責阿昌，說他沒定性，三天打魚，兩天曬網，這哪成？巴巴啦、巴巴啦……

"要不，你別當臨時工了，就轉為正式吧！"一個把頭髮挽成髻的女人對卓家新說。

"我……恐怕不行，我還在讀大學。"他答。

因為這個話題，七大爺八大媽們開始討論起大學生的薪水，總結的結果就是一天5o元的工資肯定留不住人（連高中畢業的阿昌都留不住，何況大學生？）。

卓家新這才知道講解員的日薪是5o元，也就是說即使染坊天天開放給遊客參觀，15oo元的月薪仍是艱難的，這大概就是錢家染坊之所以僱用自家人的緣故吧？！

就這麼東拉西扯，時間過得飛快。等十點一到，一個瘸了一條腿的男人去開門（他同時也是剪票員）。

遊客三三兩兩地進來，講解員輪流上前招待，卓家新是最後一個，眼看已經責無旁貸，只能硬著頭皮上。

"你家的布沒有談家染得好。"一名遊客對卓家新說，聽著難免逆耳。

卓家新知道談家染坊，一年多前他曾參觀過，裡面的建築是典型的川西民居風格（稻草屋頂+柵欄木門+泥巴矮牆），經營模式也是"前店後院"式，整個染坊充滿復古的氣息。

面對遊客的"挑釁"言辭，卓家新不卑不亢地答："只要在染料裡加入少許化學物，調出來的顏色不僅多，而且亮，看起來的確比較賞心悅目，但錢家染坊堅持零添加，相較之下，顏色種類少，色彩也偏暗，就看您怎麼選擇。"

"當然純天然的好，"另一名遊客開口，"化學物難免傷皮膚，我就是過敏性膚質，這提醒我待會兒可以買幾件紀念品回家。"

當卓家新告知錢家染坊不設紀念品商店時，那名遊客很吃驚，直言怎麼會沒有？太不與時俱進了！

遊客的話讓卓家新銘記在心，他打算趁午休時跟錢婉兒溝通一下，結果屆時卻不見伊人身影（事實上，打從開門營業起，她便消失了）。

"也許染坊關門前再找她一談吧！"卓家新想著。

卓家新 —17

錢家染坊的關門時間是下午五點，送走最後一批客人後，卓家新依然沒見到錢婉兒。

"喏！這是你今天的工資。"其中一名講解員說，然後遞給他一張紅票子。

"怎麼是100元？"卓家新問。

"婉兒說你是大學生，又是救急，理應多給點兒。"

"不需要，"卓家新忽然靈光一閃，"她在哪裡？我跟她說去。"

那人答阿昌得了急性闌尾炎，他們還以為他又偷懶了，沒想到真病了⋯⋯

"我問的是錢婉兒在哪裡？"

"不是說了嗎？阿昌病了，婉兒去照顧他，當然在醫院裡。"

原來是這個意思！

卓家新看著手中的一百元，忽然感覺受之有愧，因為他是新手，新手上任肯定有不周到之處。再說，錢家染坊經營困難，他不能"趁火打劫"（拿雙倍工資）。

"你能給我錢婉兒的手機號嗎？我有事跟她說。"卓家新問。

結果那人果斷拒絕。

卓家新想想也對，自己是八竿子打不著的外人，警惕心還是得有。

"那麼你問她需不需要我明天再過來幫忙？畢竟阿昌病了，不是嗎？"

那人想想也對，於是拿出手機撥打。

"婉兒說如果你願意幫忙最好，二嫂後天才到。"那人掛機後說。

卓家新猜想這個二嫂應該是來接替阿昌的，既然她後天才到，染坊明天肯定缺人。

"好，我明天過來。"他答。

卓家新 _18

18

今天是第二天當講解員，卓家新明顯感覺到自己的進步，不說口若懸河，起碼能應答如流。

"叔叔，那個人是你嗎？"一個小男孩指著牆上其中一張黑白照，"好像啊！"

卓家新轉頭一看，果然有七分像。

"看著是有點兒像，"孩子的母親對自己的孩子說，"但肯定不是，因為那是一張老照片，如果那個人還在，應該是老爺爺了。"

卓家新附合，同時稱讚孩子的眼力真好，將來可以當飛行員。

"跟我爸爸一樣。"那孩子答。

"你爸爸是飛行員？"卓家新問。

"不是，我爸爸在飛機上工作。"

孩子的母親立即做出解釋，原來孩子的爸爸是空服員。

聽到這個回答，卓家新下意識往人群裡搜尋。

"他今天有事，沒來。"孩子的母親主動說明。

也是，今天的遊客裡沒一個長得像空少（就是那種身材瘦高且長得白淨的男人），倒是孩子的母親挺有空姐的樣子——身材高挑且貌美如花。

帶完五批客人後，卓家新被告知輪他吃飯去。與昨天不一樣，今天他被允許進入私宅的餐桌上用餐，而非捧著碗，蹲在某個角落吃。

不諱言地說，雖然錢家染坊的私宅初看很貴氣，但進入後，卓家新還是發現不足之處，好比採光差、牆面脫皮、空氣中有股潮濕的霉味等。

"汪汪汪……汪汪汪……"

突來的狗叫聲嚇了卓家新一跳，帶他的婦人解釋："家裡養狗，一向拴在後院，逢週一才放開。你是陌生人，狗大概聞到你身上的氣味才叫，平常是不叫的。"

卓家新有不一樣的看法——加加和欣欣是聞到他的氣味沒錯，但應該是興奮所致，而非警告。

緊接著，婦人帶他走過一條長長的走道（顯然不是通往後院，因為狗吠聲越來越弱），拐個彎後，來到廚灶旁邊的餐廳，此時桌上擺著三菜一湯，菜雖剩下不少，但都冷掉了。

"鍋裡有飯，自己盛。"婦人說。

卓家新不喜歡吃冷菜冷飯，所以尋思著該不該到附近的餐館用餐，此時錢婉兒出現了。

"你吃了嗎？"她問。

"還沒。"。

"那我們一塊兒吃。"

"好。"

錢婉兒一坐下便大口吃飯，似乎不介意飯菜的溫度，但卓家新是在意的，所以不僅吃的少，速度也慢。

"阿昌還好嗎？"卓家新問起。

"你也知道他得了闌尾炎？"

"嗯！"

"已經動完切除手術，問題應該不大。"

問完阿昌，卓家新把遊客的反饋說出來。

"我也曾想過賣紀念品，但最近忙著和日本公司洽談生意，所以耽擱下來了。"她答。

通過進一步的談話，卓家新了解到有家日本公司想採購錢家染坊的布料（用以製作手工藝品），但卡在價格上。錢婉兒認為太低了，等於做白工，日本方面則表示如果不按出價成交，他們寧願向別處購買。

"我猜別處也接受不了那個價格，所以他們又回頭找我了。"錢婉兒直白地說。

"日本公司製作的都是哪類產品？"卓家新緊接著問。

"就是一些家庭擺飾，好比大象、狗熊等，也有實用性的，像是紙巾盒、圍裙或相框之類。"

卓家新說既然價格談不下來，何不改成合作關係？由錢家染坊提供布料，對方製作完畢後交付一部分，如此一來，紀念品店的東西就全搞定了。

錢婉兒一聽大喜，這的確是個好法子，雙方各取所需，實現雙贏！

"太謝謝你了！吃完飯我就聯繫日方。"她眉開眼笑，"你可真是我的貴人！"

卓家新還想說什麼，結果自己的手機忽然鈴聲大作，一看，是小魚兒打來的。

"不好意思，我接個電話。"說完，卓家新迅速起身離開。

卓家新－19

19

"你在哪裡？"小魚兒問。

"我在蒐集論文資料。"

"都那麼多天了，還沒蒐集完？"

"今天剛蒐集完，明天回去。"

"既然蒐集完了，你現在就回來，我等你！"

"不行，我在浣紗鎮。"

"浣紗鎮？那是個什麼鬼？"

小魚兒是臺胞，不怪她沒聽過浣紗鎮，於是卓家新耐著性子解釋浣紗鎮是江南古鎮，也是民間染坊的代表……

"江南？你跑到長江以南幹嘛？"

"蒐集論文資料。"

"都那麼多天了，還沒蒐集完？"

話說到這裡，卓家新覺得心累，再這麼扯下去，永遠也扯不完。

由於卓家新忽然不再言語，小魚兒小心翼翼地問："你怎麼了？還活著嗎？"

"還活著，但如果你一定要我現在回去，那就不好說了。"

"好啦！我允許你明天回家，不過為了將功補過，到時候你一定得給我一個大驚喜，讓我開心得跳起來的那一種。"

小魚兒喜歡驚喜，這個不難實現，因為她很容易被取悅，哪怕送的是氣球，她也會高興得唧唧叫，像隻小老鼠似的，問題是現在的卓家新已經對這一套失去興致，感覺像過家家，挺幼稚的。

"我掛了。"他說。

"為什麼？"她問。

"手機快沒電了。"

"那你充完電打給我。"

卓家新的手機電量其實還有70%，這麼說是為了結束無趣的談話，何況錢婉兒還在等他，他不能讓她等太久。

掛上電話後，卓家新走回餐廳，結果發現錢婉兒原本坐的位子上已經換人了。

"吃了嗎？"那個瘸了腿的大叔問。

"吃了。"

得到答案後，那人不再說話，專心吃飯。

卓家新心想錢婉兒應該是找日本公司去了，她方才不是表示吃完飯就聯繫日方嗎？也許稍晚再跟她要手機號。

結果直到錢家染坊關門謝客，錢婉兒還是沒出現。

"喏！這是你今天的工資。"其中一名講解員遞過來一張紅票子，"明天不用來了，我們已經有人手了。"

這個人手想必是二嫂，他早知道了。

"明天我也不能來，因為得回學校上課。"卓家新像澄清什麼似地做出解釋，畢竟被拒絕很沒面子。

"你是大學生？"那人間。

"嗯！"

"如果不是為了這個家，婉兒現在也是一名大學生。"

這句話像個引子，勾起卓家新的好奇心，他忙問詳情，這才知道錢婉兒曾考上某大學的中文系，因父母意外去世，哥哥又對家族事業不感興趣，為了不讓錢家染坊從此劃上句號，她不得不挑起大梁，果斷放棄讀書的機會……

聽說錢婉兒的遭遇後，卓家新立即有兩種情緒湧上心頭：

1、心疼她。

這年頭，大學學歷好像是標配，很多公司用人都指定要大學學歷以上，意思是如果錢家染坊被迫關門，她想找個"坐辦公室"的工作基本找不到。

2、欽佩她。

愛古詩詞而選擇中文系，不因冷門而放棄。哪像他，雖然文科才是強項，但為了滿足父母的期望，還是選擇相對好就業的理工科。

．．．．

"如果讓我重新選擇，我也會選擇中文系。"卓家新喃喃道。

"哈哈哈……中國人都懂中文，學那個做什麼？"那人問。

卓家新苦笑，夏蟲不能語冰，指的不正是這個？話說回來，人海茫茫，同好難覓，只要錢婉兒能懂（她一定懂）就行，至於別人懂不懂，已經無關緊要。

卓家新 - 20

20

次日，卓家新決定吃完早餐再離開浣紗鎮，但吃什麼好呢？他想起當地人推薦的阿蘭和嘉義，前者賣油條豆漿，後者賣鹹骨粥和小籠包。既然鹹骨粥和小籠包已經吃過，他應該嚐嚐新才對，但卓家新還是捨棄油條豆漿，原因很明顯——嘉義早餐店離錢家染坊近，拐個彎就到了。

與兩天前一樣，這家蒼蠅館子仍然大排長龍，他等了好幾分鐘才搶到一個位子，不同的是這次少女沒喊他，所以少了上錢家染坊的藉口。

卓家新退一步想，雖然錢家染坊十點才開門，不過凡事都有例外，也許今天提早了也說不定（若真像所想的一樣，他就能跟錢婉兒道別，同時交換彼此的聯繫方式），然而奇蹟並沒有發生，錢家染坊的大門依然緊閉著。為了不錯過火車，他只能懷著惆悵離去……

就在回旅館的路上，卓家新發現沿河商鋪多了一張新面孔。

"奇怪，幾天前經過時還是一家已歇業的繡花鞋店，怎麼一眨眼的工夫就成了茶館？"他邊嘀咕邊走近立在茶館前的人字板，接著默唸，"凡以神仕者，掌三辰之法，以猶鬼神示之居，在女曰巫，在男曰覡。"

基於多年的寫作功底，卓家新懂得人字板上所寫的意思，也懂得"覡"字該怎麼唸，不懂的是為什麼會有人在民風淳樸的鎮上搞這玩意兒？在他看來，這類新奇的主題店應該開在大城市才有賣點。

"等等，我想起來了，梧桐路上也有一家類似的店，叫……叫'巫覡咖啡館'，莫非這兩家是關聯店？"

這個被喚起的記憶激起卓家新的好奇心，他想著何不一探究竟？然而門卻推不開。

"搞什麼？沒營業掛什麼'營業中'的牌子？"卓家新很惱火，感覺自己被愚弄了（這已不是第一次被愚弄，幾個禮拜前他也曾被梧桐路上的巫覡咖啡館拒之門外）。

雖然生氣，但沒一會兒工夫他便將此事拋在腦後，因為還有更重要的事要應付，好比"準岳父"正等著他的回覆，而他還不知如何作答。

卓家新 _21

21

幾日前，在開往浣紗鎮的火車上，卓家新曾查詢"臺灣黑幫"，發現其組織幾乎遍佈全島，不僅包辦"毒賭黃"，還與香港14K黨、日本赤軍旅、美國華青幫等有聯繫。

為什麼查這個？因為從外表、氣勢和談吐來看，小魚兒的父親都像是在道上混的，只是不知隸屬於哪個幫派？還有，位置高到什麼程度？不過不知道也好，不是有句話叫"不知者無罪"嗎？他極需這個藉口護身。

是的，卓家新感到害怕，他的父母都是公職人員，他本人雖不是年年三好學生，但向來循規蹈矩，連垃圾都不敢亂扔，所以忽然獲知女友"可能"是黑幫千金時，其震撼不在話下。

老實說，這不能怪卓家新識人不明，因為小魚兒一沒紋身，二沒口吐芬芳（罵髒話），三還特別孩子氣，這樣的人又怎會和黑道有任何關係？

"你回來了，"小魚兒立即給了卓家新一個熊抱，"我想你了。"

身為男友，卓家新理應熱情回應，但他沒有，反而推開小魚兒，膽戰心驚地問："妳爸呢？"

"我爸回臺灣了，今天一早的飛機。"

卓家新不禁長舒一口氣，彷彿虎口餘生。

"瞧你，"小魚兒捧住他雙頰，"嚇破膽了？"

"我是嚇破膽了，還以為妳爸要砍我三條腿。"

"是兩條腿才對……等等，你好色哦！"

話是"準岳父"說的，卓家新不過是照搬過來而已。不諱言地說，這個"第三條腿"的隱喻曾讓他雙腿打顫、寒毛卓豎。

"你爸什麼時候還會再來？"他忍不住問。

"等他解決完公事。"

這個"公事"讓人浮想聯翩，同時也提醒卓家新"好日子"所剩不多了。

"我的驚喜呢？"小魚兒忽然問。

"什麼驚喜？"

"討厭！"小魚兒捶打他一下，"你答應過給我驚喜。"

"這個算不算？"

卓家新遞交出去的是一組黃銅鏤空摺扇書籤，看起來很雅緻。

"哇！扇子。"她拿起有粉紅色流蘇的那一個，"怎麼這麼小？"

"這是書籤哪！我的小祖宗。"

"書籤？我還以為是扇子呢！"

小魚兒的心思就是這麼簡單，如果換成錢婉兒，她肯定不會問這麼白痴的問題……

這個一閃而過的念頭讓卓家新頗為震驚，原來不知不覺當中，他已經把兩個女人拿來做比較，並且更傾向後者。

"小魚兒，待會兒我們出去吃飯。"卓家新像補償什麼似地說。

"好呀好呀！吃什麼？"

"吃……臭豆腐。"

"你不是不喜歡吃，連聞都不敢聞嗎？"

"但妳喜歡吃，我看著妳吃就好。"

因為這個回答，小魚兒抱緊他，久久不肯鬆手。

"不會吧？！這樣就感動了？"卓家新問。

"討厭！"她又捶打他，"都是你啦！害我的妝花了。"

原來小魚兒還哭了。

這麼心思單純且淚點低的女人會是黑道大哥的女兒嗎？

卓家新再次感到困惑。

卓家新 - 22

22

吃完臭豆腐，小魚兒提議去吃烤豬腦。

"妳不是不喜歡吃，連聞都不敢聞嗎？"他問。

"但你喜歡吃，我看著你吃就好。"

小魚兒就是這麼體貼人！吃學校食堂時也是，她總點卓家新愛吃的菜；當然，卓家新也不忘投桃報李，飯後甜點不是養樂多就是優酪乳，全是助腸胃又不長胖的，符合小魚兒的"養生"需求。

吃完烤豬腦，卓家新說想到電子商城逛逛，小魚兒當然作陪，就在三樓的某個攤位上，卓家新買下一個據說是日本進口且高清降噪的錄音筆。

"你不是已經有一支了？"小魚兒不解地問。

"這是幫朋友買的。"

"朋友？哪個？"

“說了妳也不認識。”

卓家新買錄音筆是為了送給錢婉兒，因為她給的日薪太高了，卓家新打算用這個方式抵消掉。

“看來你的朋友挺有錢的，這支筆要價八百元呢！”小魚兒說。

“她想錄一些有意義的聲音作紀念，也許一輩子就買這麼一個，用好一點兒也說得過去。”

“ta？這個ta是人字旁的他還是女字旁的她？”

卓家新沒料到會被問到這個問題，猶豫了一下才答人字旁的他。

“那買好點兒是對的，我聽說有些男孩子不買則已，一買一定要稱心如意，你的朋友大概屬於這種類型。”她答。

欺騙心無城府的小魚兒讓卓家新感到慚愧，他快速轉換話題，好減輕內心的負罪感。

當日夜裡，小魚兒主動靠過來，卓家新抱了抱她，說：“寶貝兒，我累了。”

“那你睡吧！我們抱抱就好。”

如果小魚兒不是那麼善解人意，卓家新大可挑刺，然後甩門而出，偏偏他挑不出刺來。

“晚安，寶貝兒。”他說。

“晚安，我愛你。”她答。

卓家新 -23

23

卓家新開始有意疏遠小魚兒，回家的時間也越拖越晚，還有，他不再主動親熱，即使"被迫打卡"，也往往敷衍了事。

事情都已經做得如此明顯，可是小魚兒依舊大大咧咧的，彷彿一切如常。

"老公，"小魚兒坐下，拿起遙控器換了電視頻道，"元旦我們到哪裡玩？"

體育頻道變成了HBO，卓家新也很無奈。

"元旦我得回老家一趟。"他答。

卓家新早計劃趁著元旦假期（連著週末，足足有三天）把錄音筆送出去，好了了心願。

"再過一個多月就是農曆春節了，到時候再回去豈不正好？"小魚兒問。

"我還想順道蒐集資料。"

“浣紗鎮？”她問。

“……嗯！”

得到答案後，小魚兒不再說話，這讓卓家新很是忐忑，莫非她察覺到什麼？

“哈……哈哈哈……笑死我了！”她捧著肚子，“不行，我笑得眼淚都出來了。”

卓家新順著她的目光望過去，電視上播放的是洋片，從衣著上看，像是英國維多利亞時代，色調偏灰藍，一看就是古典文藝片，可是小魚兒卻把它當成爆笑片看。

“妳……還好吧？！”卓家新小心翼翼地問。

“很好啊！幹嘛這麼問？”

“沒什麼，就是問問。”

當日夜裡，臥室內的氛圍被經營得很詭異，又是鮮花，又是香味蠟燭，床上還躺著一個衣不蔽體、姿態撩人的小妖精。

卓家新心想今天不是小魚兒的生日，也不是自己的生日，難道是情人節？……不對；相戀兩週年？……也不對；第一次親密接觸紀念日？……更不對。

正當卓家新杵在那裡凌亂時，小魚兒將他拉上床，又是親吻，又是撫摸，而且臉上盪漾著春情，像個不要臉的蕩婦！

卓家新何曾見過這種場面？一時沒把持住，他……早洩了。

“沒事，”小魚兒親吻他，“你已經盡力了。”

這個評價還不如不評價，卓家新瞬間羞愧到了極點。他翻過身去，好掩飾內心的尷尬。

半夜，卓家新聽到斷斷續續的哭聲，因為被刻意壓抑，反倒顯得格外淒涼。

“小魚兒還是在意我的床上表現，只是沒說出來而已。”卓家新下結論。

一個星期後，卓家新背著登山包走過客廳，正在看電視的小魚兒喊住他，問：「你回家不帶點兒東西給你爸媽？」

「不用了，他們什麼都不缺。」

小魚兒起身走向他，邊幫他整理衣領邊問：「你朋友要的錄音筆帶了沒？」

卓家新的心喀噔了一下，納悶她為什麼要在這個時間點提這個？

「帶了。」他弱弱地答。

「帶了就好。」她凝視著他，似有千言萬語，「我等你回來，多晚都等。」

卓家新 -24

24

小魚兒知道了，雖然卓家新不清楚她知道多少，但肯定不是一無所知。

這個發現讓卓家新憶起自己小時候曾為了隱藏一張考壞的卷子而煞費苦心，可是一旦東窗事發，他反倒心安，因為不會再壞了。對照眼下的情況，簡直如出一轍，他不禁鬆了口氣（戳破那層窗戶紙後，現在就只剩如何"和平分手"的問題了）。

下了高鐵後，卓家新直奔浣紗鎮，那穿鎮而過的河道、那雕刻精緻的石拱橋、那傍水而築的民居、那長著青苔的石駁岸……依舊，甚至連空氣中的味道也與記憶中一模一樣，刹那間，他有重回故里的感覺。

"又是你！這次住多久？"旅館老闆問。

"兩晚。"

"是不是找到相好的？否則怎麼才過一個多月又造訪？怪怪的呦！"

"沒有的事，我是為了完成畢業論文才又上這裡來。"

"這次該不會又上錢家染坊了吧？！他家元旦可不開門，你不會不知道吧？！"

卓家新還真不知道，同時心生疑問——元旦假期是遊客最多的時候，怎麼不開門？

旅館老闆答這個得問錢婉兒，她是掌門人，想什麼時候開就開，想什麼時候關就關，全憑她一句話。

辦完入住手續，卓家新一扔下登山包便出門，他想知道事情是否真如旅館老闆所說那樣，結果不幸言中（元旦假期不營業的通告就貼在錢家染坊的大門上）。

卓家新不免氣餒，大老遠跑來卻見不到人，這不挺糟心的？

好幾次他想上前敲門，連開場白都想好了（她多給了工資，於是他用一支錄音筆抵消掉，這樣就兩不相欠了），但最終還是放棄，因為任何人都聽得出這個上門理由太過牽強，哪有人會為了送筆，親自跑那麼一趟遠路？

"等我想好理由再說吧！這麼冒冒失失地上門，恐怕會被誤會別有居心。"卓家新心想。

浣紗路上
的卓家新……

卓家新意氣消沉地走回旅館，沿途的秀麗風景一下子變黑白，像極了相片膠捲。

"凡以神仕者，掌三辰之法，以猶鬼神示之居，在女曰巫，在男曰覡。" 一個仍穿著冬裝，但領口露出衛生衣的男人唸完，將目光投向門頭招牌上的四個大字，"巫覡茶館。"

卓家新走過去，告訴他那個字不唸四聲Chien，而是二聲Hsi，上面已經標註了。

"歹勢！我是臺胞，看不懂國內拼音。"

"原來是臺胞！我知道你們使用注音符號，連英文拼音也跟國內不同。"

"厚！你好厲害，去過臺灣轟？"

卓家新回答沒有，而是他的女友來自臺灣。

"原來是臺灣女婿，失敬失敬。走！我們進這家茶館喝茶，我請客！"那人說。

久聞臺灣人很熱情，今日一見，至少證明眼前人是個人來熟
。

"不了，這家茶館好像不營業。"卓家新說。

"真的假的？門上不是掛著'營業中'的牌子？"

"不信你推推開。"

那人真的去推茶館的雕花木門，果然推不開。

"幹嘛醬？！既然不營業，掛什麼'營業中'的牌子，一整個都
被它打敗！"

臺胞說中了卓家新的心裡話。

"浣紗鎮還有另外一家也可以喝茶。"卓家新指向右手邊，"
你往前走約三百米有一座石虎橋，過橋就是石虎飯店，這家
飯店提供各類茶水，很好找。"

"行，那我們去那家。"

"歹勢！"卓家新使用臺灣人慣用的詞語，意思是不好意思，
"我還有事要忙，今天就不喝了。"

臺胞離開後，卓家新本來打算往下塌旅館走去，然而冥冥之
中似乎有股力量將他拉回來。

"真的推不開嗎？"卓家新站在巫覡茶館前自言自語。

這家茶館的門面由四扇實木雕花門板組成，中間兩扇能開啟
，另外兩扇是固定的。由於門板不做鏤空，從外面自然看不
到裡面，這更添加幾筆神祕的色彩。

此時，茶館內傳來奇怪的聲音，聽著像是"歡迎光臨"。

這勾起卓家新的好奇心，他伸手一推，門開了。

"不會吧？！這也太神奇了！"他猛然想起，"對了，臺胞！"

卓家新本來打算去追臺胞，告訴他巫覡茶館終於開門營業了，沒想到"歡迎光臨"的聲音再度傳來，只是這次聽起來正常許多，還帶著軟糯婉轉的聲調。

卓家新益發感到新奇，遂放棄追人的想法，一腳跨進茶館……

卓家新對茶館的初始印象來自老舍的同名電視劇，劇中的茶館很簡陋，只擺了幾張陳舊的桌子和條凳，供應的食物相對粗糙，泡茶的大銅壺整天冒著熱氣，館內人聲鼎沸、空氣汙濁……

可是當卓家新一踏入巫覡茶館，他的觀感立即產生天翻地覆的變化，因為這一點兒也不像茶館，反倒像是雜貨鋪（而且還是個奇怪的雜貨鋪）。瞧！草藥、石像、佛頭、羽毛、龜殼、稻草人、動物頭骨、蛇皮、符咒、裝有各色液體的瓶瓶罐罐……等，不一而足。

"歡迎光臨！"奇怪的聲音三度響起。

卓家新尋聲望過去，發現盡頭處有個木梯沿著牆面向上，木梯底下則有個鳥架，一隻黑色八哥就站在鳥架上。

"原來是這個傢伙！"卓家新走過去，目不轉睛地凝視著它"Hello."

"Hello."八哥答。

"你好。"

"你好。"

"我愛你。"

"我愛你。"

看來這隻八哥的主人沒少訓練它，於是卓家新又說："這不是茶館。"

沒料到八哥卻答："這是茶館。"

卓家新不信邪，又說了一遍，八哥依舊回答這是茶館。

"那麼你倒是告訴我哪裡能喝茶？"他問。

"樓上。"

這個答案提醒卓家新他還沒上樓，也許樓上真的是茶館也說不定。

"你最好別騙我，否則我將你碎屍萬段。"說完，卓家新揚了揚拳頭。

那隻黑色鳥聽完恐嚇，拍拍翅膀從木梯旁的窗口飛出去……

卓家新上到二樓，與一樓的磚造結構不同，這裡是木結構，前後都有窗，所以採光極佳（說是窗，其實就是一塊不透明的木板往外推去，再用木棍撐起）。除此之外，這裡的陳設也頗有中式禪味，譬如牆上掛著幾幅山水畫，博古架上則有各式各樣的陶瓷製品和多本古籍，地上擺放著幾盆綠植，陶缸裡還養著魚……

與樓下一比，這才是茶館該有的樣子，只是極目所見只有一張板桌和兩條板凳，莫非茶館只接待一組客人？

正當卓家新大惑不解時，一個穿著大紅旗袍的女子上樓來，年紀看上去有一些，但風度極好，予人蕙質蘭心的感覺。

"妳好，這是……茶館？"卓家新不確定地一問，順便也解釋了自己為什麼會出現在這裡。

"是的，請坐！"她答，聲音很輕柔。

眼下只有一張桌子，毫無疑問，卓家新只能坐那裡。

"您喝什麼？"女子問，然後遞過來一個四方托盤，上面有好幾個綠頭牌，牌子上分別寫著茶名。

這讓卓家新聯想起古時候皇帝翻牌子（翻到哪個妃子的牌子就寵幸誰），他忍不住笑出聲來。

"是很像皇帝翻牌子，"女子也笑了，"您把想喝的牌子翻面就是。"

卓家新把每個牌子都看過一遍，最後選擇臺灣凍頂烏龍茶。

"您知道凍頂和非凍頂的差別嗎？"女子問。

"不知道。"

"凍頂烏龍茶是臺灣烏龍茶的一種，主要產於臺灣省南投縣鹿谷鄉的凍頂山，茶的外觀呈條索狀，茶湯為蜜黃色，香氣比非凍頂更足些，滋味醇厚且回甘。"女子停頓了一下，"其實您選它是因為'臺灣'二字，跟是不是凍頂，乃至是不是烏龍茶都無關。"

卓家新的心喀噔了一下，這的確是實情，但女子是如何知道的？

"因為您的目光停留在'臺灣'兩字的時間最長，我由此判斷出來。"她答。

這下子卓家新更加迷惑，莫非眼前人有讀心術，否則怎會知道他心裡的疑問？

該女子倒沒有進一步說明，而是給了他一個意味深長的微笑，然後下樓去。沒多久，她捧來一杯呈琥珀色的茶水，撲鼻的香氣高雅如蘭花。

卓家新接過後啜了幾口，果然茶味濃厚且帶著蜂蜜的微甜。

"味道如何？"女子等了一會兒後才問。

"贊！"卓家新比出大拇指，"這茶喝起來很舒服。"

女子隨後坐下，撿起他喝過的黑砂釉面陶瓷杯察看，說："我以為您至少會喝完一半。"

"很燙哪！"

"沒事，這樣看得更清楚些。"她的眼光沒有離開茶水，"她在哭，哭得很傷心。"

卓家新問誰在哭？女子沒回答，反而說她還看到另一個女人在笑……

"妳能從茶水裡看到兩個女人？"卓家新問，感到很不可思議。

"正確地說，是您喝過的茶水告訴我這兩個女人正左右著您的情緒。"

的確有兩個女人正左右著卓家新的情緒，然而這麼隱祕的事怎麼會通過一杯小小的茶水給洩露出去？

"茶水有沒有告訴妳——我不是個好糊弄的人？"卓家新問。

"我沒有糊弄您，"女子抬起頭注視他，"那個哭泣的女人和一個手臂上有刺青的男人起爭執，她還說是那個男人嚇走了你。"

手臂上有刺青？說的可是小魚兒的父親？

"她……他們兩人還好嗎？"卓家新問。

女子再次望著茶水，說："不好，鍋碗瓢盆齊飛。"

在卓家新的印象中，小魚兒不是"慣用武力"的人，看來這次她是動真格的，而且把過錯都推到她父親身上。

"其實……"卓家新突然住嘴。

"您說，我聽著。"

"沒什麼。"

"您不說，我也知道您的心已經動搖了。"

眼前的女人不過是初次見面，可是卻次次說出卓家新的心聲。

"我是動搖了，"他索性敞開了說，"她父親沒看上我，家父和家母的職業又比較敏感，從各方面衡量，也許分手對我和小魚兒來說都好。"

“還有呢？”

“沒有了。”

“那個讓您動搖的女人只有高中文憑，您確定您的父母會接納她？”

聽完，卓家新開始後怕，怎麼這個女人什麼都知道？

“別怕，我也有不知道的事，好比您嘴裡說分手也好，但說到小魚兒三個字時，我卻接收到不一樣的信號。”

現在卓家新已經顧不上這個女人為什麼連他害怕什麼也知道，忙問：“什麼信號？”

“愛的信號。”

卓家新搖搖頭。

“不對嗎？”女子問。

“我搖頭是因為我也不清楚自己是怎麼想的。”

此時“啞”的一聲傳來，嚇了卓家新一跳。

“那是我的助理，名字叫奧奇。”女子解釋。

話音一落，叫奧奇的黑色鳥銜物飛過來，在室內盤旋幾個來回後，一個拇指粗的石像從鳥喙裡掉出來，正好落在板桌上（卓家新認出這隻鳥正是樓下那隻八哥，還有，石像也來自樓下，因為上面刻有男女交媾的畫面，所以印象深刻）。

“謝謝你，奧奇。”女子對它說。

然後鳥兒飛出窗外，一下子便失去了蹤影。

接下來女子聚精會神地凝視著石像，像要將它看穿了似。

“請問⋯⋯”

“噓！別打擾我工作。”

於是卓家新閉上嘴巴。

「亞譯彌薩……落甲油膠……孔通牙米微……亞譯彌薩……落甲油膠……孔通牙米微……」女子將雙手置於石像上方，同時反覆吟唱著。

過了好一會兒，女子才停止這個怪異的舉動，然後以篤定的語氣說：「讓您動搖的女人就在附近。」

「附近？」卓家新左顧右盼，「哪裡？」

「您看看窗外。」

聽到這個提示，卓家新先走向西向的窗子，看到的是鄰近住戶的屋頂以及高傲地站在風火牆上的奧奇，哪有人影？於是他往東向的窗子走去，這次他看到涓涓細流的浣紗河與三三兩兩的路人，而路人之一正是錢婉兒，她挽著一個男人的手，臉上洋溢著幸福的笑容。

卓家新往後一退，離開了窗口。

「看到了嗎？」女子問。

「看到了，那是她哥哥。」卓家新重新坐下，「她哥哥對家族事業不感興趣，所以錢婉兒不得不挑起大梁，果斷放棄讀大學的機會。」

「原來她叫錢婉兒。」女子微笑，「您說那男人是她哥哥，那就權當是。」

卓家新忽然來氣，質問她為什麼笑？還有，難道那男人不是錢婉兒的哥哥？

「我說了——您認為那男人是她哥哥，那就權當是。」

卓家新之所以生氣是覺得自己傻，錢婉兒顏質佳，體態好，談吐也不俗，這樣的可人兒怎麼可能單著？

「對不起，我太情緒化了。」卓家新說。

「沒事。」

“那......我走了。”他忽然想起，“啊！差點兒忘了，我還沒買單呢！”

她了表示等農曆七月七日時再一塊兒付吧！

“屆時我不一定上浣紗鎮。”他答。

“相信我，您一定會再來。”

既然店主執意不收錢，卓家新便起身告辭。

走出店外，四周圍的人明顯多了起來（與進茶館前的蕭條景象呈強烈對比）。他下意識在遊人如織中尋找錢婉兒，可是這會兒哪還有伊人的倩影？

卓家新神情落寞地走回旅館，此時若辦理退房，已付的房費大概是要不回來了，但此刻的他連多待一分鐘都覺得難受，只想快快走人。

“茶館主人說錯了，今生我是不會再踏足浣紗鎮，看來她的茶資收不回來了。”卓家新心想。

第二位客人：
沈文倩

沈文倩 _1

I

沈文倩的老公是飛國內航班的空服員，身材瘦高且皮膚白淨，一天洗兩次澡，指甲總修剪得整整齊齊的。

"你今天飛哪裡？"早餐桌上，沈文倩問老公安柏熙。

"杭州，大後天回。"

交朋友那會兒，不管飛哪個城市，安柏熙不是當日回就是次日回，但唯獨廈門不一樣，總得逗留兩晚或以上，這種現象一直到婚後才有所改變，但也只是從廈門改為杭州，而且一改就堅持至今。

沈文倩雖有不解，但沒有糾著此事不放。

"爸爸，昨天我告訴老師要到埃及看金字塔。老師說如果是她，她會選擇去紐約看自由女神像。"他們的6歲兒子安在哲說。

"小哲，"沈文倩把解釋的工作攬下，"紐約11月底開始下雪，很多地方會因此關閉起來，所以還是去看金字塔好，那裡的冬天是一年當中最舒適的季節，還有很豐富的歷史遺蹟，你會喜歡的。"

由於空乘員的工作性質特殊（上4天休2天），他們全家很少出遠門。如今兒子已經足夠大了，而老公恰好又有12天的帶薪年假，所以沈文倩一早做了出國計劃，並且日夜趕工，好將手中的插畫工作做個了結，以便快樂度假去。

"倩倩，"安柏熙咳嗽兩聲，"妳先別訂我的機票哈！"

"為什麼？"

"因為我是空乘員，也許能免費搭乘。"

"那我等你給個準信再訂機票和酒店。"

結果這麼一等，錯過了打折力度最好的時候，而更加讓沈文倩抓狂的是老公竟然決定利用公司年假去擔任童子軍活動的義工。

"安柏熙，"沈文倩急紅了眼，"小哲等待這趟旅行已經很久了，你忍心讓他失望？"

"我也是最近才知道他們在招義工，否則早說了。實話告訴妳，從小我就想當童子軍，雖然錯過了，但擔任義工也好，算是了了我的心願。"

沈文倩不死心，又遊說了一番，結果安柏熙依然堅持己見，她只好退一步，把兒子也塞進童子軍的隊伍中，這樣父子倆至少有相處的機會。

"不行，小哲太小了，他們不收那麼小的孩子。"安柏熙關了床頭燈，"要我說，妳帶著小哲去看金字塔不就完事了？何必把簡單的事情給搞複雜了？"

聽到這麼不負責任的言論，沈文倩氣得全身發抖，現在才讓她訂機票和酒店，豈不貴上天？還有，三個人的親子活動硬生生變成兩人，他們又不是單親家庭，這對她和孩子來說都太殘忍了！

沈文倩越想越憤怒，越想越自憐，越想越不值，淚水像決堤的洪水，一發不可收拾。

"妳怎麼了？"安柏熙抱住她，"多大點兒事，哭什麼呢？"

"我⋯⋯我哭我的，你⋯⋯你別管我⋯⋯嗚嗚嗚⋯⋯"

"我怎能不管？"他親吻她的秀髮，"妳是我的心肝寶貝，妳一哭，我方寸大亂。"

氣氛剛好，沈文倩遂趁機索愛，然而安柏熙還是推開她。

"我明天四點得早起，我們都睡了吧！晚安。"說完，他翻過身去。

這下子沈文倩既羞愧又惱怒，拿起枕頭跑到兒子的房間。

"媽，妳又來了。"小哲睜開惺忪的睡眼說。

"對不起，媽吵醒你了。"

"沒關係，"兒子躺進她懷裡，"我喜歡跟妳睡。"

聞著兒子身上的奶香味，沈文倩終於平靜下來，至少這段婚姻不是一無是處（她得到世界上最好的安琪兒），不是嗎？

沈文倩 -2

2

沈文倩的老公是空少，她本人也常被誤會是空姐，因為她身材勻稱、氣質佳、容貌又姣好，還有什麼比顏質相當的"同事戀"更加合理自然？換言之，他倆的結合在外貌上可說是旗鼓相當，沒有誰高攀了誰，然而在其他方面，沈文倩就輸得徹底，根本無法與家境殷實、學歷又好的老公相提並論。

"傻女人！"安柏熙摸摸沈文倩的頭，"妳就是我百裡挑一，好得不能再好的結婚對象，所以別再作繭自縛了。"

這段表白從此深刻在沈文倩的腦海裡，每當她又"作繭自縛"時，總要將它調出來倒帶重聽，藉以"解脫束縛"。

話說沈文倩婚前在一家百貨公司當美工，薪水少，負責的範圍又廣（連櫥窗設計也歸她），以致把工作帶回家做是常有的事。婚後，公婆"自然而然"逼著她把工作辭了，理由是自己的寶貝兒子作息時間不規律，他們可不希望他回家後還得面對冷鍋冷灶。

雖然沈文倩不滿意她的工作，但光靠老公一個人的薪水過活是不可能的，畢竟他倆還有生孩子的打算，總得為孩子攢點兒教育基金。

話傳到公婆那裡，兩個老人一出手就是每月貼補兩萬元，還說等孩子一出生，所有的費用全攬下，包括奶粉錢、置裝費、乃至將來的留學費用等。至此，沈文倩再無後顧之憂，她果斷辭職，回家當專職的家庭主婦。

剛開始，沈文倩信守了諾言，即使老公凌晨進門，也有一碗熱飯吃，反倒是安柏熙過意不去，要她別忙活了，自己沒有深夜進食的習慣，即便肚餓，大不了上便利店吃碗關東煮得了，何必大費周章？

老公的體貼讓沈文倩大受感動，想為安家開枝散葉的念頭也就更加強烈，然而這塊卻是她的心病。

沈文倩 -3

3

沈文倩讀的是藝術設計專業，一進校，她的美貌便吸引了全校男生的注意，當然也包括才子阮丞禹。

阮丞禹的才氣不在學科上，而在一張嘴，他是全國辯論挑戰賽的常勝軍，甚至已經奪得某屆的"最佳辯手"。這樣的才華在沈文倩看來彌足珍貴，因為她自己已經擁有美貌，知道那是與生俱來，沒什麼了不起，所以特別欣賞有才華的人，這可以解釋為什麼其貌不揚的阮丞禹能不費吹灰之力就把校花沈文倩追到手。

他倆交往後的某個夜裡，阮丞禹提議到他家坐坐。

"不好，我最怕見家長。"沈文倩說。

"放心，我父母外出，一整晚都不會回來。"

既然人不在，那最好，沈文倩沒多想便答應了。哪知回到家的阮丞禹立即大變樣，對她毛手毛腳不說，嘴巴也百無禁忌，專挑男女之事的話題講。

"宿舍11點關門，我得回去了。"沈文倩推開男友說。

"再多待一會兒，"他又膩了上來，"宿管阿姨不會不通人情。"

阮丞禹走讀，不用擔心晚點名，但沈文倩不一樣。

"你不懂，我們樓裡的宿管阿姨很兇，且完全沒有商量的餘地，我不想往槍口上撞。"她說。

"看來妳很擔心，我只好快點兒了。"

沈文倩以為阮丞禹的意思是馬上送她回宿舍，哪知他霸王硬上弓，並且草草結束。

"寶貝兒，我以為這不是妳的第一次，所以……妳放心，我會永遠對妳好。"

原來阮丞禹已經認定她不是處女，這讓有處女情結的她耿耿於懷。還有，沈文倩本想把第一次留給老公，沒想到莫名其妙被奪走，害她好幾天都睡不好覺，最後還是自己與自己和解，因為阮丞禹說過會永遠對她好，只要結了婚，也算是把第一次留給了老公，這並不相悖，不是嗎？

然而沈文倩還是過度樂觀，半年後，阮丞禹提出分手，理由是她太粘人了。

沈文倩以為男女朋友要盡可能地在一起，這才是愛的表現，既然阮丞禹不喜歡，她便無條件配合，答應以後只在週末見面，平常以電話聯繫。

阮丞禹欲言又止，最後還是接受這個方案，結果幾個禮拜後噩耗傳來——阮丞禹和學妹在一起了。

"你怎能這樣？我把第一次給了你，現在誰還會要我？你這是把我逼上絕路！"沈文倩淚眼婆娑地控訴著。

"我又沒勉強妳，是妳自願的。"

這個回答像一把利刃插進沈文倩的胸口，以致回宿舍的路上，她毫不猶豫便往河裡跳。

興許命大，沈文倩後來被夜跑的人給救上岸，匆忙送往醫院。

這事一鬧開，阮丞禹立刻被貼上"渣男"的標籤。他氣不過，逢人便說沈文倩有病，該上精神科檢查，自己才是受害者云云。

等沈文倩康復後回到學校，一切已物是人非，連阮丞禹的最後一面也沒見著（他已先一步轉校）。

可想而知，接下來的校園生活會有多悽慘，昔日校花淪為昨日黃花，再也不復以往的光芒與神采……

好不容易熬到大專畢業，沈文倩在百貨公司找到對口的工作，如果不是一次與同事上夜店的機會，她不會認識空少安柏熙，並且被他熱烈追求。

"我是不是哪裡得罪妳了？"安柏熙問。

"沒有，是我本身的問題，跟你無關。"沈文倩答。

"怎麼會跟我無關？一見到妳，我就認定妳是我老婆，所以不僅有關，還是大大的有關。"

從別人口中，沈文倩早已得知安柏熙的條件極好，不是她這株小草能匹配得上，所以還是一開始就劃清界限為佳，免得到時候難堪。

"你眼中的我不是我，所以還是別浪費時間了。"她冷冷地答。

"妳怎麼知道我眼中的妳是不是真實的妳？"他停頓了一下，"不行，除非妳告訴我為什麼踢我出局，否則我是不會放棄的。"

為了讓這個固執的男人死心（同時也測一測他是不是認真的），沈文倩把人生中最不堪的一面據實以告，包括她已非完璧之身，且還有個自殺記錄。

哪知安柏熙聽完後不僅沒退縮，反而掏心掏肺地說：“妳太不容易了，讓我來照顧妳。”

此話一出，擊中沈文倩內心最柔軟的部分，她淚如雨下，原來生活並沒有虧待她。

兩人的戀愛關係一經確定，不到一個月的時間，安柏熙便提出帶她回家見父母。

“不，不行，”她把頭搖得像撥浪鼓，“我還沒準備好。”

“要什麼準備？吃個飯認識一下而已，再簡單不過。”

與前任男友比，安柏熙顯得誠意十足，不僅對她呵護備至，還急著把她介紹給家人。

“柏熙，你聽好了，我父母都是勞工階級，房子還是租來的。還有，我的學歷只到大專，現在的月薪只夠勉強養活自己，你父母肯定看不上，所以還是別費心安排了。”

“小傻瓜，”他輕點她的鼻頭，“我自己的父母我會不清楚嗎？放心，我保證他們一定會敞開雙手歡迎妳！”

事實果然如同安柏熙所言，兩位老人待她極好，還責怪自己的兒子不早把她帶來見面，至於沈文倩主動提起的家庭背景和學歷……兩老倒沒有表現出不悅。

“看！我父母是不是很喜歡妳？妳就是瞎操心！”一走出安公館，安柏熙就取笑她。

既然最難的一關都通過了，沈文倩不再三心二意，她把所有的關注和愛都給了這個優秀男人，所以當戴上維尼熊頭套的安柏熙出其不意地出現在她回家的路上，並且向她下跪求婚時，她立即點頭如搗蒜，忘了他倆相處還不到半年，連床都沒上。

沈文倩_4

4

"婚前禁慾"讓沈文倩頗為滿意，這代表安柏熙尊重她，同時也証明他不是一個"下半身思考"的人，然而婚後的他依舊禁慾就讓沈文倩看不懂，這正常嗎？她不免懷疑自己缺乏魅力，所以引不起老公的"性趣"？

"老公，"她從後抱住他，"今天是我的安全日。"

"等妳不安全時再告訴我。"安柏熙退出打到一半的遊戲，接著熄燈，"我累了，咱倆都睡吧！"

然而即使沈文倩告訴他"不安全日"已經來到，安柏熙也不會馬上行動，總要躲在衛生間許久才能進入狀況。

"老公！"趁著安柏熙在盡義務，沈文倩喚他。

"嗯？"

"你為什麼不看我？"

安柏熙沒料到她會這麼問，不經思考便張眼，結果很快敗下陣來。

"妳太性感了，我沒辦法。"安柏熙事後做出解釋。

"沒關係，"她親吻他，"明天再試，嗯？"

也不知是不是被咀咒，從此他倆的"房事"就再也沒和諧過。

沈文倩不知問題出在哪裡，但又不能向別人請教，急得像熱鍋上的螞蟻，關鍵時刻還是婆婆出手了。

"倩倩，結婚大半年了，也該有個孩子，妳和柏熙在避孕嗎？"趁著節日回家，婆婆把她拉到角落問話。

"沒有。"

"那怎麼……"

"柏熙他……"沈文倩忽然住嘴，因為不知當不當講。

婆婆要她別害臊，她是生過孩子的人，那檔子事兒完全清楚。

"柏熙他……不舉。"

"是一直不舉還是偶爾不舉？"

"剛開始還能，後來就完全不行了。"

她的婆婆聽完後面色凝重，沈文倩像澄清什麼似地解釋："我聽說吃牡蠣、鴿肉和驢肉有用，但柏熙很抗拒吃這類食物。"

"柏熙的問題吃什麼都沒用。"她的婆婆衝口而出，但隨即神色慌張。

沈文倩問什麼意思？

"還問什麼意思？"她的婆婆換了臉色，"男人是視覺動物，妳若扭扭捏捏，柏熙當然會索然無味。"

"那……那怎麼辦？"

"別擔心，這事就交給我。"

過了幾天，她婆婆把倆口子約出來吃飯。吃完飯，三人上一家不孕不育醫院，開始了"人工造娃"行動。

沈文倩心想這是"治標不治本"呀！但婆婆和老公好似沒覺得不妥，她只好把到嘴邊的話吞下肚裡去。

沈文倩 5

5

試管嬰兒是"體外受精—胚胎移植"技術的俗稱，簡單地說就是採用人工方法讓卵細胞和精子在體外受精，形成胚胎後再移植到母體，最後分娩的過程。

理論不難理解，但實際操作卻讓沈文倩有些吃不消，還好最後胚胎活檢正常，並在移植了"一個"胚胎後成功懷上，這多少沖淡之前所造成的不愉快。

是這樣的，當時培養出來的胚胎總共有3個，安柏熙和他父母一致認為應該全要，但沈文倩不同意，一下子來3個小傢伙，她哪顧得上？

"倩倩，妳光出個肚皮，剩下的我們全幫妳搞定，包括請月嫂和住家保姆等，絕不會讓妳累著。"婆婆對她說。

"媽，孩子出生後你們可以幫忙，但孩子出生前卻只能靠我一個人，我可沒把握能完成整個妊娠。"

想當初取卵時，沈文倩疼到不行，這提醒她日後若懷上了，還有苦頭吃。一胎尚且如此，何況3胞胎？她得有超強的體力和毅力才行。

可惜這番剖析並沒有得到夫家的認可和同情，公婆的臉色還因此難看了好多天，直到醫生宣佈沈文倩成功懷上，肚裡的寶寶很健康時，這才緩解了緊張局面。

自從晉升為孕媽媽後，沈文倩得到最高規格的關心和照顧，幾乎是"茶來伸手，飯來張口"，至於夫妻間的房事......當然得全面停工（不諱言地說，她明顯感覺到老公的"如釋重負"，這讓她頗感不是滋味）。

隔年三月，沈文倩產下一名健康男嬰。公婆笑得合不攏嘴。

"老婆，辛苦妳了。"安柏熙親吻她，"寶寶長得像妳，太好了！"

此時的沈文倩無疑是幸福的，老公愛她，也愛他們共同孕育的孩子，她不能要求更多了。

此後，這個小小孩轉移了沈文倩的大部分注意力，她不再顧影自憐，而兒子安在哲也漸漸取代老公在她心目中的地位，成了沈文倩親密無間的"小情人"。

沈文倩 _6

6

縱使反對聲浪大，安柏熙還是毅然決然地擔任童子軍義工去，把老婆和孩子晾在一邊。

為了不讓兒子失望，沈文倩決定按照原計劃進行，結果上機的前幾天，埃及突發暴動，把家裡的老人嚇得夠嗆，堅決不讓自己的寶貝孫子去當炮灰，沈文倩對此很是沮喪。

"媽，不去埃及，我們可以去迪士尼樂園呀！"兒子對她說。

沈文倩想想也對，拜訪不了法老王，改看米老鼠還不成？

由於時間緊迫，沈文倩決定加入旅遊團，如此一來，既能打卡迪士尼樂園，還能遊覽美國西海岸的幾處景點，豈不美哉？然而壞消息再度傳來——由於參團人數不足，被迫與他團合併，出發時間待定。

沈文倩很不喜歡這種"懸而未決"的狀況，果斷退團，正愁不知該如何向兒子解釋時，這個六歲小孩倒先看出了不對勁，問她怎麼了？

“對不起，我們的旅遊團暫時無法出發，因為……所以……聽懂了嗎？”

安在哲眨了眨大眼睛，答：“去不了美國迪士尼樂園，那麼改去上海好了，我的同桌江芝敏去的就是上海的迪士尼樂園。”

沈文倩被當頭一棒，顯然兒子在意的是迪士尼樂園，只要是迪士尼樂園，到哪兒都一樣。

“是的，你說的沒錯，我們明天就去！”沈文倩說。

兒子一聽大喜，高興地手舞足蹈。

隔天，他們坐上動車趕往上海，並且斥巨資入住園內酒店（為了看夜晚的煙花和燈光秀）。當安在哲看到入住房間內居然有一輛《汽車總動員》裡的汽車時，樂開了花。

“媽，我們能不能永遠住在這裡？”他稚氣地問。

“恐怕不行，如果天天住這裡，你就看不到張老師和其他小朋友了。”沈文倩答。

“那我們能住多久？”

“一個晚上。”

看兒子流露出失望的表情，沈文倩解釋接下來還有很多景點要看，所以沒辦法把全部的時間都留給迪士尼樂園。

“真的？我們還要去別的地方玩？”兒子興奮地問。

“當然是真的。”她答。

後來，沈文倩實現了諾言，母子倆踏遍上海的大街小巷，回程時又順道拜訪鄰近的浣紗鎮（聽說這是一座古風猶存的小鎮，還有一個赫赫有名的錢家染坊）。

到了浣紗鎮，果然如同傳言所說那樣美麗，隨便一抓拍都能當大製作電影的背景。

“請問錢家染坊怎麼走？”沈文倩攔下一名路人問。

"妳沿著這條浣紗河往南走，當看到一大片楊柳樹時就是了
。"那人答。

這裡三步一楊柳，沈文倩猜想"一大片楊柳"必是相當可觀，
果然沒錯。

到了錢家染坊，接待他們的是一名年輕人，身上還帶著學生
氣，不像其他講解員，一個個宛如臨時被抓來湊數的當地人
（也許待會兒還得趕回家做飯洗衣，甚至重上麻將桌）。

"叔叔，那個人是你嗎？"安在哲指著牆上其中一張黑白照，
"好像啊！"

因為這個回答，那名年輕人將目光投向牆上照片。

眼見自己的孩子說出令人不安的話，沈文倩趕緊接棒："看
著是有點兒像，但肯定不是，因為這是一張老照片，如果那
個人還在，應該是老爺爺了。"

"的確是有點兒像，"年輕人緊接著答，"你的眼力真好，將
來可以當飛行員。"

"跟我爸爸一樣。"

"你爸爸是飛行員？"

"不是，我爸爸在飛機上工作。"

沈文倩立即做出解釋——孩子的爸爸是空服員。

看年輕人左右張望，她只好進一步說明："他今天有事，沒
來。"

沈文倩怎麼也沒料到這段對話會被兒子記住，並且在離開錢
家染坊後問她："爸今天有什麼事？"

"他......他當童子軍的義工去了。"

"什麼是童子軍？"

沈文倩也不是很清楚，所以胡亂搪塞了一下。

“那個地方離這裡遠嗎？”

“不遠，在杭州。”

“那我們現在就過去找他！”

沈文倩欲言又止，最後摸摸兒子的頭，問：“中午想吃什麼？”

沈文倩 –7

7

安柏熙直到年假的最後一天深夜，才春風滿面地進門。

"小哲十多天沒見到你，你就不能早點兒回家？"沈文倩沒好氣地問。

"我有什麼辦法？童子軍的領導堅持請吃飯，加上回程的火車誤點，所以……"

"吃的什麼？"

"火鍋。"

"怎麼你身上沒有火鍋味，反倒有嬰兒香皂的味道？"

安柏熙沒回答，徑直走向臥室。

被忽視的滋味很不好受，沈文倩立即跟上，把問題重複了一遍。

"倩倩，現在已經接近午夜12點，我累了，能不能明天再講？"他說。

"這個問題很難回答嗎？還是你還沒想好怎麼忽悠我？"

"傻瓜！"安柏熙把沈文倩拉上床，"妳是我的心肝寶貝，愛護都來不及，怎會忽悠？"

"那你回答呀！"

雖然安柏熙依舊沒回答，但以實際行動替代，他吻了老婆的唇，又吻了肩胛骨，手也不老實，四處遊移......

這點燃沈文倩內心裡的那盆火，並且一發不可收拾。

"倩，"安柏熙慌了手腳，"明......明天再做好嗎？"

"不行，都這個節骨眼了，你能忍，我不能忍。"

他倆後來還是行了周公之禮，只是沈文倩頗感不是滋味，像吃了一顆爛蘋果。

"你是不是感覺自己被性侵了？"她問。

"我都配合妳了，妳還想怎樣？"安柏熙停頓片刻後，換了語氣，"乖，我是最愛妳的，妳別胡思亂想哈！"

這讓沈文倩怎能不往壞裡想？世上有哪個老公不想和妻子親熱？算一算，上一次他倆做愛還是中秋節前後，眼下聖誕節都快來臨了......

"聽著，我一點兒也沒覺得自己被愛，如果你以為......"

沈文倩話還沒說完，沈重的打鼾聲傳來，像嘲笑她的天真。

"哎！這日子還能過嗎？"她心想，忍不住自憐。

沈文倩 _8

8

其實婚後沒多久，沈文倩就察覺到老公的異常，除了"床事"的不和諧外，還包括不正常的加班和身上偶爾散發出的香水味。

"為什麼你的身上總有味道？"她問。

"正常人都有味道，那叫體味。"安柏熙答。

"不，不是體味，是一款叫Dew Song的古龍水味道，男士專用。"

為了查明真相，沈文倩特意到百貨商場的香水區域一探究竟，結果出乎意料，竟然是男用香水（她原以為會是女用香水）。

"這……這很奇怪嗎？難道我不能噴香水？"他問。

"可是我沒見你噴過呀！"

"我上班時噴不行嗎？這又不是什麼罪大惡極的事。"

自從有了這段對話，安柏熙噴古龍水成了一種習慣，而且像是為了證明什麼，家裡從此常備Dew Song，與她聞到的一模一樣。

某天，她獨自一人拜訪公婆，婆婆一見她，歡喜得不得了，不僅為她端茶倒水，還切了一盤水果。

"媽，您別忙了，我們聊聊。"她說。

"好呀！"婆婆坐了下來，然後用叉子叉了塊西瓜遞過去，"聊什麼？"

"柏熙的前女友是做什麼的？"

"前……前女友？妳……妳問這個做什麼？"

沈文倩解釋她感覺老公的心裡住著一個人，所以才會對她忽冷忽熱。

"放心，"婆婆明顯鬆了一口氣，"沒有這麼一個女人，我敢打包票。"

"那……那有沒有可能是男人？"

"什……什麼意思？"

"柏熙心裡住著一個男人？"

哪知眼前這位總是好脾氣的女人會忽然變臉，斥問她問的什麼亂七八糟的問題？

婆婆的過激反應非但沒有打消沈文倩的疑慮，反而讓她更多心，若不是新生命的忽然到來打亂了生活，她肯定能刨出點兒什麼。

還好那段"悽慘"的日子（孕期時的身體不適、生產時的疼痛難當和分娩後的手忙腳亂）總算熬過去，當小哲開始上幼兒園後，沈文倩的時間一下子多出來，她反倒無所適從，這可以解釋為什麼偶然間接到的插畫工作會讓她全身心都快活起來。

安柏熙倒不反對她有一份"兼職"，只要能照顧好家裡，同時不再疑神疑鬼，什麼都好商量。

就這樣，沈文倩搖身一變成了插畫師，每個月都能掙到幾千元。若把這筆錢拿來養家，肯定是不夠的，但褲兜裡有自己掙來的錢總歸心安。

如果"表面"上的歲月靜好能這麼持續下去，沈文倩還能湊和著過，問題是連這小小的要求都達不到，那才……

"誰是嬌嬌？"沈文倩問。

安柏熙望著她，一語不發。

"你倒是說啊！"沈文倩急了，聲音也不由自主地拔高。

"我能說什麼？不過我倒是挺好奇妳如何知道我的電腦密碼？"

沈文倩並不知道老公的電腦密碼，即使知道，她也不屑潛入，之所以提到嬌嬌，乃因昨晚安柏熙說夢話的緣故。

"所以你承認有嬌嬌這個人？"她問。

"我承不承認有差別嗎？反正妳已經將我入罪。"

"至少你可以澄清啊！"

"我不澄清，妳想鑽牛角尖請自便，我不會跟著瞎起鬨。"

後來陸續還有一些蛛絲馬跡浮出水面，包括她替老公買的內褲會忽然不翼而飛，幾天過後又重新回到髒衣籃裡。還有還有，安柏熙曾偷偷買了一部最新型的蘋果手機，被發現後才表示手機是買來送給沈文倩的，但那麼明顯的謊言根本經不起推敲，一個連老婆生日都會忘了的人，某天會忽然想起需要表達愛意？

有這麼一位老公，難怪沈文倩的疑心病會越來越重，但只要不是證據確鑿，她便還有一絲希望在。

這一天，安柏熙穿戴整齊地從房間裡走出來。

"你今天飛哪裡？"沈文倩放下手中畫筆，抬頭問老公。

"長沙。"

"不飛杭州？"

安柏熙愣了一下，答："飛杭州妳有意見，不飛杭州，妳也有意見。要不，把我拴在妳的褲腰帶上，這樣妳就稱心如意了。"

不諱言地說，自從老公執意利用公司年假到杭州當義工，杭州便"正式"成了沈文倩的心結，她隱約感覺到那座城市藏著祕密，威力之大甚至足以摧毀她苦心經營的家。

"我也就這麼一問，何必生氣？"她停頓了一下，"幾點的飛機？"

"上午11:45。"

"祝你一路順風！"

安柏熙前腳剛走，一通緊急電話隨後就到。

"沈小姐，《頑皮熊》的插畫什麼時候給我？我等著排版哪！妳這樣一拖再拖，我還要不要辦事？"對方嘆了口氣，"可別怪我說話不中聽，這個圈子很小，名聲一旦壞了，妳很難再接到工作。"

打電話過來的是李編輯，她已經催圖催了好幾次，難怪火氣這麼大。

"對不起，15號我一定給，倘若食言，我也不好意思再跟貴社合作了。"

"說話算話喔！"

"一定，請放心。"

由於給了期限，沈文倩不得不加緊趕工，以致接孩子放學的工作也一併交給了徐阿姨，所以當手機鈴響時，沈文倩還以為徐阿姨沒接到孩子。

“請問妳是安柏熙的家屬嗎？”對方問。

“是的，我是他太太，你哪位？”

“這裡是杭州江乾區派出所，妳先生出了車禍，現在在人民醫院，妳趕緊過來。”

沈文倩心想她老公明明說今天飛長沙，人怎麼會在杭州出現？這分明是詐騙，所以立馬掛斷。

哪知對方不死心，一打再打，但沈文倩就是不接聽，後來還是航空公司的龐小姐打電話過來，沈文倩才知道安柏熙真的出車禍了。

“這會不會是詐騙？”她問，“我老公明明告訴我今天飛長沙，怎會在杭州出車禍？”

“排班表上顯示安柏熙今天飛杭州，中轉長沙，而且杭州的同事也核實過了，他目前的確在醫院，妳的動作得快，我這邊給妳預留了機位。”

至此，沈文倩不再懷疑，交待公婆過來照顧小哲後，趕赴機場。

沈文倩 _9

9

醫生說安柏熙的皮肉傷並不嚴重，該擔心的是他有腦震盪的現象，所以需要留院觀察幾天。

"對方呢？"沈文倩問。

"對方？"醫生想了一下，"呵呵！對方是行道樹，死傷可慘重了。"

沈文倩大鬆一口氣，同時也有餘力去抱怨出租車司機，怎麼可以往行道樹開去？

"我聽說是妳老公騎重型機車出的車禍，也許我的信息有誤，妳再問問。"醫生說。

"問誰？"

"當然問處理這起事故的交警或者同伴。"

"同伴？"

“是的，還是個好看的小夥子，可惜手背縫了幾針，恐怕會留下疤痕。”

這個回答打得沈文倩一個措手不及，她忙問小夥子在哪裡？

“剛才還在，”醫生環顧四周，“也許上廁所去了。”

沈文倩現在應該做的是進病房看望車禍受傷的老公，可是她卻焦急地走遍整個醫院，尋找一個手掌纏著紗布的年輕男人。

一個鐘頭過去後，沈文倩不得不承認這個與丈夫同行的男人很可能已經聞風而逃，這才回到病房。

“妳是誰？”躺在病床上的安柏熙問。

“別鬧了，我沒心情陪你玩。”沈文倩皺了皺眉頭，然後拉了把椅子坐下，“醫生說你騎重型機車出了車禍，這是真的嗎？”

“重型機車？”安柏熙喃喃道，“好像有點兒印象，我……我想不起來了。”

沈文倩苦笑，一句“想不起來了”就把鍋甩得一乾二淨。

“那麼你想起來我是誰了嗎？”她問。

“妳？”柏安熙凝視著她，“我們認識嗎?”

沈文倩一聽大怒，她忙前忙後的，這就是回報？

“好，你不認識我，但你的親生父母和親兒子總認識吧？！他們還在家裡等著你回去呢！”她說。

“親生父母和親兒子？”安柏熙捂住頭，一副痛苦的樣子，“對不起，我真的想不起來，妳能告訴我——我是誰？叫什麼名字嗎？”

此時的沈文倩才意識到情況不對，趕緊找來醫生，經過一番冗長的檢查後，得到“因腦部受到撞擊，產生逆行性遺忘”的結論。

“什麼是‘逆行性遺忘’？還有，這種現象會持續多久？”沈文倩問。

醫生解釋所謂的逆行性遺忘是指遺忘過去發生的事，但新的記憶還是能夠形成，至於會持續多久？那得看腦部受傷的程度，一般來說，三到五個月是可能的。

聽完，沈文倩呆若木雞。

“安太太，妳還好嗎？”醫生問。

此時的沈文倩才回過神來，答：“好，很好。”

“妳需要跟心理醫生談談嗎?”醫生又問。

“不，不需要。”她果斷拒絕。

對沈文倩來說，丈夫的忽然失憶未嘗不是個轉機，或許能挽救她那岌岌可危的不幸婚姻也說不定。簡言之，此乃喜事一椿。

三天後，醫生交給她兩袋藥，同時叮囑一些注意事項，然後夫妻倆乘坐高鐵回家。

到家後，安柏熙仍一臉茫然，對衝上來問東問西的雙親則表現冷漠，就別提站在一旁的兒子了，完全沒有眼神上的交流。

“兒啊！你真的不記得我了嗎？我是你媽呀！打從你很小的時候就把屎把尿的，你怎會忘了我呢？”

看婆婆老淚縱橫，沈文倩只好把兩老請進房間，並將醫生說過的話複述一遍。

“這麼說還是有救的，只要按時吃藥和喚起他的記憶就行，是不是？”婆婆問。

“醫生是這麼說的。”沈文倩答。

“那就好，那就好，”公公頻頻點頭，“看來我們得在這裡住上一段時日，否則妳一個人怎麼忙得過來？”

公婆是一番好意，但沈文倩急於在這段失憶的日子裡挽回丈夫的心，所以委婉拒絕了。

公公好似還想說什麼，但被婆婆的眼神制止後便不再言語，看來沈文倩之前的猜測是對的——公婆對自己兒子的情史不是一無所知。

"倩倩，妳說的我們不反對，但妳得答應我們不會一個人硬扛著，一旦需要幫助會通知我們。"婆婆說。

"會，當然會。"

於是在安柏熙進門後的次日，兩老回到自己的家，留下兩大一小在客廳內面面相覷。

"媽，"安在哲拉拉母親的衣袖，"爸爸怎麼還是怪怪的？"

昨晚，沈文倩曾用最簡單的句子告訴兒子——他的父親生病了，所以暫時想不起來很多人和事。顯然，安在哲並不明白"暫時"的意思。

"爸爸有一天會恢復原來的樣子，只是不是今天。"沈文倩柔聲地說，"你何不跟他玩樂高？"

"我可以嗎？"

"你問問爸爸呀！"

雖然安柏熙曾被告知那個不到一米高的小男孩是他的兒子，但他就是想不起來，所以也難有熱情，不過他倒不介意和男孩玩積木，因為與其面對一個不熟的女人，他寧願跟孩子在一起 。

看父子倆開始交流，沈文倩把徐阿姨叫到廚房，簡單介紹男主人的病情。

"我知道了，在先生康復前，我不會讓他一個人出門，同時也不會放任何陌生人進來見先生，哪怕是他的朋友。"徐阿姨答。

“是的，就是這個意思，辛苦妳了。”

“哪裡，這是我應該做的。”

交待完畢，沈文倩重新回到客廳，當看到一大一小正努力砌一座豪華城堡時，沈文倩有股莫名的感動，這不是她一直希冀的小確幸嗎？那麼微小平凡，卻也那麼的幸福……

沈文倩 _10

10

安柏熙出車禍的消息一傳開，他的同事和朋友們紛紛上門慰問，但都被沈文倩給拒之門外，理由是丈夫需要靜養。

這聽起來有些牽強和不近人情，但拜訪者皆很配合地離去，久而久之，已無人再造訪，而這正是沈文倩想要的。

"倩倩，今天妳出門後，我在窗外看到老鷹。"安柏熙說。

"老鷹？"沈文倩把一大袋書放在餐桌上，"不會吧？！"

"是真的，徐阿姨也看到了。"

於是沈文倩把目光拋向正在拖地的徐阿姨，後者答："我也不知道是不是老鷹，反正看起來是有點兒像。"

大城市的上空會出現老鷹的機率幾乎為零，但沈文倩不在乎真假，反而提醒老公下次若再看到，別忘了也讓她瞧瞧。

"會的，如果小哲也在，我們三個人一起看。"他答。

沈文倩的腦海裡立即浮現一家三口站在窗前看"老鷹"的畫面。

"柏熙，"沈文倩說，"今天我又買了好幾本書，你想現在看嗎？"

安柏熙的手機在車禍中陣亡，他沒提買新的，沈文倩也樂得裝糊塗，至於個人電腦……雖然安在，但安柏熙忘了密碼，有等於無。也就是說，安柏熙現在與外界斷了聯繫（這是沈文倩希望的狀態），應該很快會感覺無聊，為了防微杜漸，她替老公買了好幾本書，大部分是武俠小說，也有偵探推理類。

"待會兒吧！"安柏熙望向窗外，"今天的天空好藍，我想出去走走。"

"好，我陪你。"

"不，我想一個人散散步，就在小區內。"

沈文倩犯難，放一個記憶力有問題的人獨自在外行走，這挺危險的。

"可以嗎? 倩倩。"他又問。

沈文倩不忍心潑自己老公冷水，所以同意了。

安柏熙很開心，笑得像個孩子似的，可是等他一出門，沈文倩立即讓徐阿姨偷偷跟上，同時交待："千萬別讓先生離開小區，如果有陌生人想跟他說話，立即打電話給我。"

"好的。"徐阿姨答。

安柏熙的第一次獨自出門耗費了45分鐘，沈文倩也站在陽臺觀察了45分鐘，直至男人進門，她才佯裝一無所知地問起："你有沒有在小區內遇見什麼人？"

"人很多，但一個也不認識，我尤其害怕有人跟我說話，因為不知道該回答什麼。"

這個說法倒是吻合沈文倩觀察到的。

“你做的很好，”沈文倩拉自己的丈夫坐下，“外面的壞人多，保持距離是正確的。”

安柏熙被沈文倩誇得有點兒不好意思，同時也不習慣與人坐得太近，所以拿閱讀當藉口，躲進書房裡。

沈文倩倒不以為意，只要丈夫在家，同時感情與日俱增就好，她不能要求一蹴而就。

夜裡，再怎麼躲避的安柏熙還是得回到床上，這對他來說是一種酷刑，因為他不想和一個不熟的女人躺在同一張床上。

沈文倩也知道打開一個“陌生人”的心防很不容易，所以一開始並不勉強，但轉眼好幾個禮拜過去了，丈夫仍然沒有採取行動，她不免有些擔憂，莫非失憶後的丈夫仍對她不感“性”趣？

趁著今晚雷雨交加，沈文倩決定試探一下。

“啊！”沈文倩躲進老公的懷裡，“我怕打雷。”

“別怕別怕。”安柏熙拍拍她的後背，“一會兒就過去了。”

哪知雷聲一聲接著一聲，沈文倩理所當然地抱緊老公，可喜的是她感覺到他生理上的變化。

“妳……妳靠我太近了，我不舒服，可不可以……”

“不可以！”沈文倩欺身而上，“我們是夫妻，理應在一起，難道你不想？”

“想什麼？”

“造個小孩呀！像小哲一樣。”

安柏熙很為難，眼前這個臉上盪漾著春情的陌生女人雖勾起他的原始慾望，但他還沒做好準備，也不想在這個節骨眼上造小孩。

“對不起，我不想。”他答。

“與其相信你說的，我更願意相信你的身體。”

然後的然後，天雷勾動地火，當絢爛的煙花發射完畢後，安柏熙癱在沈文倩敞開的胸口上。

"你知道嗎？"沈文倩氣若游絲地說，"我剛剛得到了高潮。"

安柏熙抬頭看著披頭散髮的妻，答："我也是。"

戳破了那層窗戶紙後，沈文倩才真正迎來春天，她每天精神飽滿，連空氣都是香甜的，加上因故放下的插畫工作又被她重新拾起，現在的生活既充實又快樂，如果不是一通電話打來，她還會沉浸在無邊無際的幸福當中。

"太太，有個陌生人正在和先生說話。"徐阿姨在電話裡著急地說。

沈文倩拿著手機走向陽臺，往下一探，哪有老公的身影？

"妳在哪裡？"她問。

"十號樓前。"徐阿姨答。

十號樓位於沈文倩所在樓棟的右後方，難怪她看不見。

"我這就下樓去，妳看緊先生，別讓他跟陌生人走。"

"好的。"

掛斷手機後，沈文倩即刻下樓。

沈文倩－11

11

遠遠的，沈文倩看到一個與自己老公相仿的身形，心中有隱隱的不安，越靠近，這種感覺越強烈，尤其那人的身上還散發出Dew Song的古龍水味道。

"柏熙，"沈文倩挽住老公的手臂，"這位是誰？"

"他……"

安柏熙還沒介紹完，對方主動表示自己是保險推銷員，正在推銷一款理財型的人壽險。

"是嗎？"沈文倩看看老公，再看看推銷員，"我正打算買保險，咱們何不找個地方坐下來談談？"

此時，保險推銷員面有難色。

"怎麼，你該不會想把送上門的生意給推掉吧？！"沈文倩故意問。

"那倒不是，而是我的材料還沒準備齊全，等齊全了，再談也不遲。"

"何必那麼大費周折？你大致講講就行。"沈文倩轉向自己的老公，"這種燒腦的事還是由我來吧！你先回去。"

安柏熙還想說什麼，沈文倩故作驚訝地把躲在角落的徐阿姨喊出來，要她護送先生回家。

等人走後，沈文倩對男人說："我知道有個地方特別安靜，咱們上那兒談去。"

沈文倩所住的小區緊挨著一個大型的文化公園，裡面有人工湖、雕塑、噴泉廣場和運動區域，是一個集遊覽、休閒、娛樂和健身的公共場所。

下午兩點多，放眼望去，公園裡的人三三兩兩，沿湖的座椅幾乎全空置著。

"你想坐哪裡？"沈文倩問。

"隨便。"

沈文倩挑了一個有樹蔭的長椅子坐下，畢竟紫外線還是得提防點兒。

"你也坐。"她對站著的人說。

待他坐下後，沈文倩問他叫什麼名字？

"范榮軒。"男人答。

"我先生叫安柏熙。"

"我知道他叫安柏熙。"

沈文倩努力壓抑高漲的怒火，問："你何時知道他叫安柏熙？"

對方沉默好一會兒後，才答："今天。"

沈文倩低頭瞄了一眼對方的手，發現他的左掌背上有個蜈蚣形狀的傷疤。

"你會騎重型機車嗎？"她問。

"會，家裡就有一輛。"

"老家在杭州？"

"不，不是，老家在東莞，但我大學畢業後一直住在杭州。"

沈文倩考慮了一下，最後還是告訴對方有關安柏熙的病情。

"妳的意思是他暫時遺忘過去發生的事，但新的記憶還是能產生？"

"是的，但我希望他永遠遺忘過去。"

"如果某天他又記起來呢？"

"所以我必須在那之前把他拉回來。"

范榮軒立即表示不公平，因為人在她那一邊。

"你跟我談公平？"沈文倩揚起聲，但隨即克制住，"我可是他法律上的妻子。"

"那也只是法律上的，"范榮軒低語著，"柏熙愛的是另外一個人。"

這句話像一枚炸彈，炸得沈文倩頭昏眼花。

"你說錯了，"她立馬反擊，"也許柏熙曾經迷失過，但他已經回到正軌上，最直接的證據就是我們夫妻倆現在的性生活非常美滿，他也說他得到了性高潮。"

范榮軒無疑被打了一巴掌，但很快便自我調適過來，理由是——安柏熙目前是個病人，只要恢復正常，一定能分辨誰才是他的真愛。

這也是沈文倩擔心的，但仍嘴硬地答："即使康復了，他愛的依然會是我。"

"是嗎？如果我是妳，絕不會如此樂觀。"他站起身，"看來妳並不誠心買保險，那麼我告辭了。"

范榮軒走後，沈文倩又氣、又恨、又無奈，因為范榮軒明顯踩到她的痛處。

就在她煩惱不已時，一個念頭忽然產生，並且漸漸清晰明朗起來 ……

沈文倩 -12

12

沈文倩一進門，安柏熙便問她買保險了沒？

"沒，那人介紹得不清不楚的，還是別買為妥。"

"是嗎？"安柏熙喃喃道，"意思是我再也見不到他了。"

沈文倩的心喀噔了一下，問老公是不是想起了什麼？

"我感覺自己好像見過這個叫小美的人。"

"誰？"沈文倩揚起聲，"小美？"

約一年前，安柏熙曾在睡夢中喊著"嬌嬌"，如果范榮軒的暱稱是小美，那麼嬌嬌又是誰？莫非老公的情人不止一位？

"小美這個名字是有些怪，但那人的確是這麼介紹自己的。"安柏熙答，"一開始我還以為遇到了朋友，因為他說出了很多關於我的事，後來他當著妳的面說自己是保險推銷員，怪了！怎麼會這樣？"

"現在你知道他是如何處心積慮地想接近你了吧？！所以以後若再見到他，最好離他遠遠的，懂嗎？"

雖然安柏熙表面答應下來，但沈文倩還是不放心，所以除了要求小區的保安將范榮軒列為重點驅趕對象外，還交待徐阿姨時刻留意男主人的行蹤，務必做到滴水不漏，而她自己則有更治本的事情要做，那就是加入網上的"僱兇殺人"群。

本來沈文倩還很忐忑，怕無人與她交易，但一進到群裡沒多久，一個叫"輕舟淺渡"的人便私信：請到浣紗鎮的巫覡茶館詳談。

沈文倩知道浣紗鎮，去年冬天她才和兒子去過，但沒留意那裡是否有一家巫覡茶館。

"何必跑那麼遠？我們在電話裡談也一樣。"沈文倩打著字。

"電話裡能談，我何必指定地點？"輕舟淺渡答覆。

雖然浣紗鎮不遠（開車不過3個小時），但沈文倩還是覺得麻煩，所以打算再等等看，結果這麼一等，等來了網絡警察，嚇得沈文倩趕緊下線，這件事就這麼不了了之了。

幾天後，安柏熙問沈文倩："週末我們上西湖走走，好嗎？"

"你……你為什麼想到西湖？"她反問。

"我在書上看到西湖的照片，不知怎的，特別有感覺，所以想去看看。"

西湖就位於杭州，沈文倩可不願自己的老公有睹景思人的機會，所以找了個藉口拒絕，哪知隔天他又問了一個很久以前應該問，但一直沒問的問題——他的手機在哪裡？

"你的手機在車禍中報廢了。"沈文倩答。

"能不能給我買個新的？"

"你要手機做什麼？現在不會有人打給你。"

"我想看看自己過往的痕跡，也許有助恢復記憶。"

沈文倩隨便搪塞了一下，沒料到安柏熙退而求其次，提議把他的個人電腦拿去維修店破解密碼，如此一來就不用買新手機了。

想到電腦內的祕密也許更多，沈文倩只得同意買新手機。

"什麼時候買？"安柏熙追問。

"九月份吧！那時候蘋果手機出新款。"

"不，我不需要新款，舊款也行。"

沈文倩一時語塞，支支吾吾的。

"有問題嗎？"他又問。

"沒……沒問題。"沈文倩深吸一口氣，"等週末，我們全家一起逛街時再買。"

因為給了期限，沈文倩不得不提前實施殺人計劃，既然輕舟淺渡是目前唯一的人選，那就他了！

次日一早，徐阿姨送完小哲上學，沈文倩告訴她自己有事外出，最晚夜裡能回，要她照顧好家裡，尤其看緊先生。

"您放心，有我在，不會出任何差錯。"

有了徐阿姨的保證，沈文倩堅定地踏上往浣紗鎮的旅程……

浣紗路上的
沈文倩……

“凡以神仕者，掌三辰之法，以猶鬼神示之居，在女曰巫，在男曰覡。”沈文倩唸完，將目光投向門頭招牌上的四個大字——巫覡茶館。

這家茶館不僅名字奇怪，從外面還看不到裡面，不諱言地說，它像極了一隻張大嘴巴的怪獸，就等著不明就裡的人一頭栽下……

正當沈文倩猶豫著要不要進去時，一個留著小平頭，且有一對招風耳的小男孩剛好騎車經過，他大聲提醒——這家茶館不營業。

“為什麼？”沈文倩衝口而出。

小男孩猛然剎車，轉身答：“我也不清楚，不信妳推推看。”

沈文倩當然不信（尤其門上還掛著“營業中”的牌子），於是用力一推，竟然推不開。

小男孩對她揚揚眉毛，像是說——瞧！我說的沒錯吧？！

“真是奇怪！”沈文倩喃喃道，“既然不營業，掛什麼‘營業中’的牌子？”

小男孩索性下車，並且牽車向她走來。

"妳是不是口渴？"他問，"如果是，浣紗鎮還有另外一家也賣茶，我可以帶妳過去。"

沈文倩表示自己不口渴，而是有人約她在此見面，如果去別家就見不著了。

"那妳打電話給那個人，告訴他巫覡茶館不開門，改地方見面得了。"小男孩又說。

輕舟淺渡並沒有留下電話號碼，但解釋這個又有何用？何況對方還是個孩子。

"謝謝你的建議，我決定等一等。"她答。

"等什麼？"小男孩問。

"等開門。"

小男孩一副難以置信的模樣，轉身騎上自行車走了。

等了約莫二十分鐘後，沈文倩才不得不承認自己蠢——這得等到何年何月？還有，網上龍蛇混雜，什麼人都有，何以見得輕舟淺渡是認真的？搞不好此人明知巫覡茶館已停業，卻故意約她來此見面，藉以看她出糗⋯⋯

想至此，沈文倩左右察看，還好不論當地人或遊客都表現正常，沒有人直盯著她瞧。

這個發現讓她稍感心安，否則"愚不可及"的自責感會進一步加劇。此時，一條流浪狗緩緩走來，最終停在茶館的雕花木門前，吠了兩聲後，開始扒門，一次不夠，又來第二次。

"滾！"門內忽然傳來喝斥聲。

狗一聽，嚇得落荒而逃。

這勾起沈文倩的好奇心——既然茶館裡有人，為什麼閉門謝客？

為了一探究竟（同時也不甘心白跑一趟），她又推了一下門，沒想到這次卻開了，這也太神奇了，只是……

"滾！"喝斥聲再次傳來。

沈文倩走也不是，不走也不是，很是尷尬。

"那是奧奇，"一位白髮老翁出其不意地在她身後現身，"奧奇不喜歡狗。"

沈文倩一頭霧水，誰是奧奇？

"妳是不是很好奇誰是奧奇？跟我進來吧！我介紹你倆認識。"

就這樣，沈文倩跟著陌生人一同進入茶館內，結果一進去就驚呆了，這哪是茶館？到處是稀奇古怪的東西，說是儲藏室還差不多，尤其空氣中還帶著辛辣的香料味。

"請問……咳咳……這是茶館嗎？"沈文倩問老人。

"妳看像嗎？"他反問。

"我看不像。"

"這就對了！"老人樂呵呵地說，"茶館在樓上。"

老人若不說，沈文倩不會注意到盡頭處有個木梯。

"我能上樓喝杯茶嗎？"她問。

"當然可以。"老人答，"茶館就是賣茶的，不過上樓前，請記得跟奧奇打聲招呼。"

沈文倩左右張望，這裡只有兩個人，哪來的第三人？

此時，站在鳥架上的黑色鳥忽然開口道好，把沈文倩嚇了一跳。

"哈哈！"老人大笑起來，"奧奇已經等不及，先跟妳打招呼了。"

原來黑色鳥就是奧奇，它就站在木梯下的鳥架上，不仔細看的話，還以為是個標本。

"這隻八哥的普通話說得太好了，"沈文倩由衷欽佩，"看來你沒少訓練它。"

"鳥不是我的，我也沒訓練它。"

沈文倩一時迷糊，鳥若不是老人的，會是誰的？難道是輕舟淺渡的？

這麼一想，她不淡定了，如果輕舟淺渡正在樓上，代表她與"殺手"近在咫尺。

"妳不是想喝茶嗎？"老人忽然說，"那趕緊上樓去。"

"你呢？你不上去？"

"我還得顧店呢！"

原來這家古怪的店是老人的，但他為什麼進來後又把大門關上？如果客人不得其門而入，他又何需顧店？

雖有疑問，但沈文倩選擇把話吞下，因為她還有更重要的事要應對。

上到二樓後，沈文倩長舒一口氣，這才是茶館該有的樣子，不僅陳設像極了中式書房，空氣中還有淡淡的清香，讓人一下子沉靜下來，只是極目所見只得一張板桌和兩條板凳，莫非茶館只接待一組客人？

正當沈文倩大感不解時，一個穿著米白色網紗旗袍的女子上樓來，手裡捧著一個四方托盤。

"妳好，有人約我在這裡見面。"沈文倩說。

"那就是兩位囉！"她笑眯眯地答，"請坐。"

眼下只有一張桌子，毫無疑問，沈文倩只能坐那裡。

"您喝什麼？"女子問，然後把手裡的四方托盤遞過去，上面有好幾個綠頭牌，牌子上寫著茶名。

沈文倩把每個牌子都看過一遍，最後指向玫瑰花茶。

"原來是這個。"女子把寫著玫瑰花茶的牌子翻面，"您知道玫瑰花茶有什麼功效嗎？"

"不知道，我選它不是因為功效。"

雖然沈文倩表現出對話題不感興趣的樣子，但女子還是做出說明，原來這茶不僅能美容養顏，還有緩解抑鬱和溫胃健脾等功效。

"這麼好？看來待會兒我得多喝兩杯。"沈文倩答。

"希望妳等的人也喜歡玫瑰花茶。"女子說。

"這我不清楚，事實上，我並不確定他今天會來。"

女子遂問那個人的長相，沈文倩答這是第一次會面，連對方是男是女都不清楚，何況長相？她只知道此人叫輕舟淺渡。

"輕舟淺渡？"女子喃喃道，"聽起來很文雅。"

沈文倩心想如果穿旗袍的女人知道輕舟淺渡是個殺手，她大概不會用"文雅"二字來形容。

"名字是很文雅，"沈文倩答，"希望人如其名。"

"文雅的人可幹不了壞事喔！"女子嫣然一笑，"您稍等，我這就去泡茶。"

沈文倩花了大約一分鐘的時間才從震驚中走出來，心想莫非這位穿旗袍的女子知道內幕？否則如何理解"文雅的人可幹不了壞事"這句話？

就在惴惴不安中，一名穿著隨意的男人上樓來，手裡捧著一個茶托。

"你是誰？"沈文倩頓時緊張起來，"方才那個女的呢？"

"妳說的是羅小姐吧？！"男人把盛著紫紅色茶水的帶把玻璃杯放在桌上，"她泡茶時不小心燙傷了，所以改由我服務妳。"

“你是這裡的服務員？”

“也是也不是。”

這個回答模稜兩可，提高了此人是輕舟淺渡的可能性，沈文倩頓時緊張起來，接過杯子後立刻啜了好幾口。

“我以為妳會先欣賞這漂亮的茶水。”男人說。

“噢！對不起。”沈文倩立即放下杯子，並且開始注視杯裡的液體，“紫紅色的確漂亮。”

“我特地選用透明玻璃杯，就是為了展示觀賞的效果。”男人停頓了一下，“其實妳可以放輕鬆點兒，我不是老虎。”

“我……我……我很輕鬆啊！”她拿起杯子又喝了一口，“這茶水是很漂亮，但喝下去好像沒什麼特別的感覺。”

“加點兒蜂蜜會好些。”

沈文倩以為男人會下樓拿蜂蜜，結果沒有，反而杵在原地目不轉睛地盯著她瞧。

“你是不是想一直站著？”感覺如坐針氈的沈文倩忍不住問。

“不想！”他即刻坐下，同時撿起桌上的玻璃杯察看，“玫瑰花瓣其實可以食用，但妳好像特意避開。”

沈文倩向來缺乏試新精神，所以即使知道玫瑰花瓣可以吃，她也絕不會嘗試，可是男人卻自顧自地開始介紹起玫瑰花的藥食兩用性，強調既能保健，還能治療各種疾病，因為此花含有大量的維生素和十幾種氨基酸之故……

“謝謝你的科普，以前我一直以為這花除了好看，沒什麼用處。”

“可以理解，就好像漂亮的女人容易被誤會無腦……對不起，我不是說妳無腦。”

本來沈文倩沒往深處想，這麼一澄清，反而尷尬了，想生氣也失去正當理由，畢竟人家間接讚美了她的美貌。

"從小到大，我都被當作美女，而非才女。"她自嘲，"倘若被認為無腦，我也不會爭辯，畢竟學歷擺在那裡。"

"無腦不是指學習成績，而是表現在行為上，好比妳在網上找殺手，這便是無腦的表現。"

聽完，沈文倩又驚、又喜、又膽怯，原來坐在對面的正是殺手本人。

"我不認為這是無腦的表現，畢竟我們見上面了。"她努力裝出沉穩的樣子，"你好，輕舟淺渡。"

哪知男人立刻否認，這下子沈文倩嚇壞了，拔腿就跑，結果被攔了下來。

"妳放心，我不是警察。"那男人放開她的手後，立即澄清。

"真的？"

"真的。"

於是沈文倩又坐了下來，與此同時，她的腦海裡浮出很多問號。

"我知道妳一定有很多疑問，請稍待片刻。"男人再次凝視玻璃杯裡的茶水，"我看到三個男人。"

茶水裡有男人？還是三個？開什麼玩笑？

"這一點兒都不好玩。"沈文倩沉下臉來，同時舉目四望，"攝像頭在哪裡？"

儘管男人矢口否認錄像，沈文倩依舊不信，男人只好將目光再次落在茶水上。

"這三個男人都很白淨，"他說，"一個叫CC，一個叫小美，還有一個叫……"

"嬌嬌。"沈文倩衝口而出，"等等，你怎麼知道我老公和別的男人有瓜葛？"

“正確地說，是妳喝過的茶水告訴我這三個男人讓妳煩惱不已。”

沈文倩好半天說不出話來，天下的人名何其多，騙子不可能恰好知道她老公的名字裡帶C（安柏熙）。還有，雖然她不確定“嬌嬌”是否真實存在，但小美是明確的，因為老公已經親口證實范榮軒自稱是小美。

“雖然我不清楚你的用意何在，”沈文倩答，“但我可以告訴你——你這是白費心機。沒錯，我老公以前是有過感情糾葛，但現在已經斷乾淨了。”

“是嗎？”男人微笑，“那麼妳為何要僱用殺手？殺了一個小美，還會有另一個小美，因為妳老公愛的是男人。”

“胡說！”沈文倩厲聲喝道，“他愛我，就像……就像……”

“妳明知他愛妳是因為妳的自卑，話說回來，如果妳不自卑，阮丞禹就不可能玩弄妳，妳也不會落入感情的死循環裡。”

至此，沈文倩開始相信眼前人真的有某類特異功能。

“看樣子你能看到一個人的過去，那麼你能預測未來嗎？”她問。

“這個得靠奧奇幫忙。”

男人話一答完，一隻黑色鳥銜物從二樓的西向窗口飛入，在室內盤旋幾個來回後，一個巴掌大的稻草人從鳥喙裡掉出來，正好落在板桌上。

沈文倩認出那隻黑色鳥正是樓下所見到的八哥，還有，繫著紅領巾的稻草人也來自樓下（在一堆奇奇怪怪的雜物中，稻草人不算太離譜，但繫著紅領巾就顯得不一般，所以能一眼認出）。

“謝謝你，奧奇。”男人對它說。

然後鳥兒從東向窗口飛出去，一下子便失去蹤影。

接下來男人聚精會神地凝視著稻草人，像要將它看穿了似。

"請問……"

"噓！別打擾我工作。"

於是沈文倩保持沉默。

"咖海豆閒茲……隆巴哇……其蝦悅自切……夏暈封歐給……咖海豆閒茲……隆巴哇……其蝦悅自切……夏暈封歐給……"男人將雙手置於稻草人上方，同時反覆吟唱著。

此時，沈文倩忽然發現男人長得像電視上的某位諧星，對照當下，還真有那麼點兒娛樂效果。

過了好一會兒，男人才停止這個怪異的舉動，然後以篤定的語氣說："妳的姻緣還未到，等逢上了，妳會得到真正的幸福。"

"你的意思是我和安柏熙無法白頭到老？那小哲怎麼辦？"沈文倩問。

"妳的孩子自有他的人生，妳只需照顧好自己。"

"那能不能……"

"不能！強扭的瓜不甜，留住人卻留不住心，妳又何必？"

沈文倩本來還想請求男人"作法"（將自己老公的孽緣給剷除掉），沒想到還未說出口就被拒絕。

"既然這樣，那麼請告訴我——我的婚姻能否維持到兒子成年？"她問。

男人又看了一眼稻草人，果斷搖頭。

沈文倩心想安柏熙也太狠了，連這小小的要求都做不到！

"不，妳不應該這麼想，正因為他的離開，妳的姻緣才能如期來到，否則有的等了。"

現在沈文倩已經對眼前男人的"讀心術+超能力"不表懷疑，但仍嘴硬地答："也許你是對的，但不表示我會照單全收。"

"有懷疑很正常，如果連懷疑都沒有，那才需要擔心。"男人站起身來，"妳得走了，否則趕不上今日的最後一班長途大巴。"

沈文倩看了一眼手錶，時間果然緊迫。

"這茶多少錢？"她問。

"不要錢。"

"怎麼可以？我不想欠下人情債。"

"如果妳堅持給，那麼拿妳身上的東西做交換，任何一樣都行。"

當沈文倩步出茶館時，一陣微寒的風襲來，她下意識拉了一下披肩，這才發現披肩已被當成茶資留在茶館裡。

"不收錢的茶館可真怪！"沈文倩苦笑著說，然後往來時路走去。

第三位客人：焦礁

焦礁_1

I

焦礁從小就長得標緻（巴掌臉、高鼻樑，皮膚還白皙），連他的母親都不免感慨：" 如果焦礁是個女孩，該有多好！"

偏偏焦礁是個男孩，加上名字寫下來很陽剛，唸起來卻很陰柔，所以常成為被取笑的對象。現在回想起來，焦礁的"社恐症"大概就是那時候種下的"病根"。

大學畢業後的焦礁有幸從事不需要面對人的工作（正合他的心意），這當然與他的優渥家境脫不了關係，因為初始的炒股本錢正是他父母給的。

一開始，焦礁像多數的炒股新手一樣，漲少跌多，但"學費"交多了，自然也摸索出一些經驗來。現在的焦礁雖然算不上股市大神，但多少對這行有些小心得，只要不逢上市場大崩盤，每個月基本都能達到"自給自足且有盈餘"的小目標。

這一天，焦礁一直關注的某支股票在快跌到他的心理價位時反彈，搞得他很鬱悶，索性闔上電腦健身去。

不諱言地說，大二以前的焦礁一直以古代書生的弱不禁風形象示人，若不是某日夜裡被兩個流氓調戲，他不會積極健身，而帶來的變化也是驚人的，最明顯的莫過於吸引了一票女性的愛慕眼光，這讓他頗為苦惱，恨不得從此在人間隱身，直到多年後在健身房遇到一位同樣白淨的男人，他才第一次感覺到自己也有被關注的衝動。

"嗨！焦礁。"正在跑步的安柏熙主動向他揮手打招呼。

焦礁小聲回覆一聲後，立即也站上跑步機。等安柏熙下了跑步機，改練臂力時，他也去練臂力，似乎通過這樣的"陪伴"，他內心的孤獨感會減少一些。

大約一個小時後，安柏熙結束當天的健身活動，並且走向淋浴間淋浴，此時的焦礁卻裹足不前（像往常一樣），因為他認定自己若跟上，安柏熙一定會發現不對勁，而他不想讓喜歡的人起疑。

其實，安柏熙早已發覺不對勁，只是不說破而已，他還是一名在校大學生，不想與"社會人士"走得太近。

回到家的焦礁為自己做了一份減脂餐（白水煮雞肉、蒜香花菜和蒸玉米）。一吃完，一通電話不期而至。

"焦礁，記得後天回家一趟哈！"他母親說。

"不了，反正過幾天就是端午節，到時候再回。"他答。

"你怎麼連你哥的忌日也不回？"

焦礁的哥哥焦俊一直是焦家的榮耀，不僅智商、情商雙在線，人也長得魁梧（襯得從小就有女相的焦礁更加柔弱）。然而就是這麼優質且男性荷爾蒙爆棚的人，某天卻被告知患上不治之症，從發現癌細胞到撒手人寰不過半年的時間。

"對不起，我忘了。"他趕緊澄清，"別的事能拖，這事不能拖，放心，後天我肯定回。"

這個回答讓焦礁的母親稍感安慰，她原本把所有的希望都寄託在大兒子身上，現在大兒子沒了，至少還有個小的，她思忖著等焦礁一回家，說什麼都得把他扣下，讓他擔起兒子該盡的責任與義務。

另一廂的焦礁並不明白母親的心思，依舊若無其事地上網訂票，本來打算買當天來回的機票，怕母親不高興，又多停留了一晚。對他而言，自己的母親向來不是問題（只要哄一哄就沒事），父親才是，他連夢裡見到他都嚇得瑟瑟發抖，何況現實裡（這可以解釋為什麼他不想久留，因為多停留一天，與父親面對面的機率就相對提高了）。

訂完機票，焦礁忽然感覺無事可做，但長夜漫漫，該如何打發？

稍微猶豫了一下後，他還是拿出在國外買的寫真集，一邊欣賞，一邊打手槍，直至發洩完畢，才草草洗澡上床。

然而上床後的焦礁並沒有慾望得到滿足後的平和，反而更加空虛。他已經32歲，也會渴望愛情，可是目前依舊孑然一身，夜裡甚至要靠"意淫兼手淫"來解決生理需求，怎不令人唏噓？

就在喟然長嘆中，今日健身房裡的男人忽然竄入他的腦海裡，並且逐漸清晰起來。

"他看起來年紀不大，應該還是個學生，如果我主動點兒，會不會嚇到他？"焦礁心想。

有了想法，現在就只剩實踐，對於有社恐症的人來說，這步難如登天，然而焦礁還是決定試試（可見他有多寂寞難耐）。

隔天，焦礁特地挑安柏熙慣常的活動時段上健身房，可是等了三個小時仍不見對方蹤影，讓他很是失落。此時的他才意識到自己認真了，這不是個好現象，尤其在不知道對方是否也是基佬（男同志）的情況下。

"看來這件事還得緩一緩，心急吃不了熱豆腐，"他對自己說，"等我從廈門回來再做打算也不遲。"

焦礁 _2

2

鼓浪嶼曾是一座人煙稀少的荒島，自從廈門成為通商口岸後，外國殖民主義者才陸續湧入，並且在島上建造了教會學校、教會醫院、教堂、聖教書局、領事館等一批西式建築。與此同時，一些事業有成的華僑也選中鼓浪嶼作為落腳點，興建了大量的公館、別墅等，據說目前島上的西式老洋房尚有一千多幢……

之所以提到鼓浪嶼，乃因這裡有焦礁的童年回憶，後來他父親的生意越做越大，每日坐船通勤很不方便，全家才不得不搬到陸地上（篔簹湖片區）居住，直到焦礁離家上大學，事情才又有了變化。

"媽，我是先回鼓浪嶼還是直接到墓園？"下機後的焦礁打電話詢問母親。

"直接到墓園吧！省得來回跑。"

去年的五月十日，焦礁的哥哥因病去世，今天是他的第一個忌日，焦母面對墳頭，哭得肝腸寸斷，連焦礁也忍不住紅了眼眶。

待情緒平復後，才開始一系列的儀式，等儀式都走完，參與者分別坐上好幾輛車離去。

"真快！焦妍也上中學了。"上了出租車的焦礁對母親說。

"別跟我提那個女人生的孩子。"

看來母親仍然對父親的出軌耿耿於懷，焦礁識趣地閉上嘴巴，直到上了渡輪，他的母親才有了好臉色，開始問起他生活上的種種。

"一切都很好，吃得飽、睡得香。"他答。

"有對象嗎？"

"沒有。"

看母親沉下臉來，焦礁重申當單身貴族的快樂。

"你現在無病無痛，當然好，等老了就知道，人終歸得有個伴兒。"

"妳不也挺好的？"

"我是沒得選，"他母親很快地答，"你不一樣，但凡能選擇，總得選對自己有利的，你說是不是？"

焦礁認為不是母親沒得選，而是她執著地選擇一個對她最不利的選項，導致在三個人的博弈中，沒一個贏家，通通是輸家。

"妳說的不無道理，"焦礁附合，"從現在起，我要選擇聽媽媽的話，因為這個對我最有利。"

雖是玩笑話，但聽在焦母耳裡卻很受用，她已經失去大兒子，現在能依靠的也只剩小兒子了。

從三丘田碼頭下船後，這對母子邊走邊聊，不知不覺已行經所有的網紅景點，包括紅牆最美轉角、晴天牆、三角梅牆、船屋、匯豐公館、月光巖、筆山路臺階、大會審公堂、白牆最美轉角、三一堂等，當聞到龍眼樹的香氣時，焦礁知道離家不遠了。

"咱家的龍眼是不是已經成熟了？"他問。

"還沒呢！不過也快了，等秋天一到，男主人就能吃個痛快了。"母親開心地答。

焦礁對"男主人"一詞感到迷惑，但他沒多問，今天是哥哥的忌日，母親好不容易才甩開陰霾，展露笑顏，他不想讓好氣氛消失，於是說："當然得吃個痛快，不吃到流鼻血，誓不罷休！"

龍眼屬於熱性水果，吃多了容易上火，焦礁的說法（吃到流鼻血）雖有些浮誇，但理論上沒錯，只是這個無心插柳的回答卻給了他母親開啟另一個話題的機會。

"吳教授的女兒也愛吃龍眼，聽說曾吃到流鼻血。"焦母邊說邊拿鑰匙開門。

"吳教授？誰呀？"焦礁問。

"就是你哥的博導，他的女兒叫吳巧如，五官長得很端正，個性也好。"

焦礁感覺但凡用"五官端正"來形容一個人，結局都不太妙。

"這女的跟哥的未婚妻比起來怎麼樣？"他問。

"好好的，你提尤瑞蓮幹嘛？"

看母親又不開心，焦礁只好故左右而言他，忘了問母親為何忽然提起一個八竿子打不著的女人？

當黑夜降臨，餐桌上擺滿了菜餚，都是焦礁愛吃的。

"媽，妳不應該準備得這麼豐盛，以後若吃不到，我豈不想死？"焦礁說。

“你若想吃，我再做就是，這有什麼難的？我若不在，吳巧如也會做，說不定做得比我還好。”

一天之內聽到同一個名字兩回，這太不正常了，母親的“司馬昭之心”昭然若揭。

“媽，妳可別把人給請來，因為我明天就走。”焦礁說。

“明天？”焦母揚起聲，“你大老遠回來，就只待一晚上？”

焦礁很想答連這一晚還是為了照顧母親的心情而留下，但話終究沒說出口，而是另找了個藉口——最近股票行情好，他不想錯過時機。

“買賣股票可以網上進行，”他母親馬上接口，“你休想騙我這個老太婆！”

“可是家裡還養貓，我若不回去，它就要餓死了。”

焦礁的母親沒來過他的公寓，不知道這棟公寓有禁養小動物的規定，所以一時啞口無言，焦礁不免心中竊喜。

“既然這樣，”他母親思考過後答，“明天見過吳巧如再走，本來約好週末，看來現在只能提前了。”

聽完，焦礁五雷轟頂，怎麼到頭來還是沒能逃過如來佛的手掌心？

焦礁_3

3

焦礁永遠記得剛考完高考的那天傍晚，他還沒來得及放鬆心情，便被屋內的爭吵聲給嚇到。

"走！"他的哥哥對他說，"我們去商場逛逛，順便吃點兒東西。"

"可是……"

"沒什麼可是不可是，為了陪你高考，我特意趕回來一趟，怎麼也得聽我一次吧？！"

後來在一家日本料理店的包廂內，焦礁第一次聽說父親有了外遇，時間長達八個月，父母為了不影響他考大學，刻意隱瞞下來，直至今日……

"他們……會離婚嗎？"焦礁問。

"不知道。"焦俊停頓了一下，"媽本來還抱著希望，哪曉得蕭阿姨懷上了，所以事情變得有些棘手。"

"蕭阿姨？"焦礁的腦海裡立刻浮現一張熟悉的面孔，"這位蕭阿姨該不會是我們認識的那一位吧？！"

當看到哥哥點頭時，焦礁兩眼一黑，怎麼一個從小就認識的長輩會和自己的父親搞在一起？這是什麼世道？

"媽一定很傷心。"焦礁說。

"那肯定的，被最親近的人欺騙，任誰都會不好受。"

焦礁的內心起伏很大，平常他自詡對周遭的一切觀察敏銳，怎麼出了這麼大一件事，自己卻是最後一個知道？與此同時，他也試圖在回憶裡尋找父親與蕭阿姨曾有過的曖昧痕跡（哪怕一個動作、一個眼神），可惜仍一無所獲，如此縝密的保密功夫，反倒讓他起疑——這兩人真的只在一起八個月嗎？

他的疑問讓焦俊立馬緊張起來，他告誡自己的弟弟別火上澆油，八個月就八個月，只要媽信了就行。

焦礁當然不致於如此孟浪，不說別的，光為了照顧母親的感受，他也不會哪壺不開提哪壺，不過"被背叛"的感覺可不止母親有，焦礁同樣也有。

從小到大，父親對焦礁來說就是矛盾的存在，他一方面仰視他，一方面又畏懼他，尤其做父親的老看他不順眼，動不動就冷嘲熱諷，連"爛泥扶不上牆"這樣殘忍的話也說得出口，他怎能不恨？唯一能說服焦礁去原諒的是——至少父親對家是忠誠的。如今連這點也失去，那才叫個心寒，焦礁感覺"被背叛"也就不難理解了。

"哥，現在我們該怎麼辦？"他問。

焦俊嘆了口氣，答："感情的事不好說，咱們還是靜觀其變吧！"

後來的結果在焦礁看來很是奇葩，母親寧願一家人四散（焦俊留在北京讀研，焦礁離家上大學，母親重回鼓浪嶼生活，篔簹湖的商品房則留給父親和蕭阿姨居住），也不願離婚。

就在焦礁以為這已經到頭時，沒成想，更加離譜的事發生了——當焦妍出生後，為了上戶口，母親竟同意收養這個原本她該恨之入骨的孩子⋯⋯

時光荏苒，歲月如梭，當年的新生兒轉眼也長成亭亭玉立的大姑娘。從表面上看，皆大歡喜（蕭阿姨得到了愛情，父親擁有了齊人之福，母親則保留住正宮的位置），實則冷暖自知。拿母親來說，物質上是不匱乏，但精神上卻很貧窮，尤其大兒子故去後，她的小小世界在一夜間轟然倒塌，還好焦礁不吝把胸膛讓母親靠一靠，不過這不表示他願意在婚姻上讓一步。

"哎呀！都幾點了，"母親拉開被子，"你也該起床梳洗一下，人馬上就到。"

焦礁揉揉惺忪的睡眼，問："誰馬上就到？"

"吳教授和他女兒呀！"

焦礁一聽，立刻洩了氣，把被子搶過來，準備重新入睡，誰知被母親一把拉起，他只好心不甘情不願地走進浴室沖澡。等他出來後，母親已經把挑選好的衣服攤在床上。

"這是幹嘛？吃個飯而已，怎麼搞得像皇上登基一樣？"他說。

焦母拍打兒子一下，要他別貧嘴，穿了就是。

別看焦礁在家裡很放鬆，甚至金句不斷，但一接觸到外人，什麼都不對了。

"焦礁，"焦母笑得很勉強，"吳教授問你話，你怎麼不答？"

"我不知道該怎麼答，就是逢低買入，等漲了再賣。不過也難說，有時股價降了，反而要等一等，同樣的道理，漲了也不一定要賣。"

這個回答倒不如不答，雙方家長尷尬得腳底都能摳出個兩室一廳。

"咳咳！"吳教授乾咳兩聲，"小女去年開始在大學當講師，也許你有問題要問。"

吳教授的女兒叫吳巧如，五官果然長得端正（事實上太端正了，乍看之下，什麼都是方的，方方的臉，方方的身材，連髮型也是方方的妹妹頭）。

"我……沒什麼要問的。"

這個回答倒不如不答，現在雙方家長尷尬得腳底都能摳出個三室兩廳。

"咳咳！"焦母乾咳兩聲，"吃菜吃菜，這家的蠔仔煎和土筍凍是招牌，你們一定要試試哈！"

焦礁知道自己把事情搞砸了，這一來反倒心安，心一安，自然吃得多，連嘴巴上沾了醬汁也渾然未覺，直到吳巧如將紙巾遞過來，同時示意他拭嘴，他才驚覺自己出了洋相。

"謝謝！"焦礁接過紙巾擦拭，同時低下頭來，好掩飾尷尬。

"看來你的胃口很好。"吳巧如說。

"平常還行，今天吃的比較多。"

"為什麼？"

焦礁一時愣住了，這該如何回答？還好他的母親及時救場，表示焦礁昨天才回廈門，平常哪吃得到這些好東西？當然胃口大開了。

因為這個回答，話題轉向焦礁目前居住的城市，並且衍生出何時搬回廈門的問題。

"我不……"

焦礁話還沒答完，他的母親又搶了去，給出"等養的貓找到好人家，他就會搬回來住"的答案。

"你養的貓是哪個品種？"吳巧如順著話題問。

焦礁根本沒養貓，那不過是臨時想出來，用來糊弄母親的藉口而已。

"什麼品種？"焦礁喃喃道，"讓我想想……"

"是不是布偶貓？"

"對，就是布偶貓。"

"那還是別送人了，布偶貓既可愛又溫順，連我都想養一隻呢！"她停頓了一下，"話說回來，現在交通發達，想去哪兒，不過是一張機票或一張車票的問題，所以如果已經習慣了一個地方，大可不必大費周折地換環境。當然，偶爾回家探望一下家人是應該的。"

焦礁想說的話，沒想到被一個認識不到一個小時的人給說了，他的感激自不在話下，不過聽在焦母耳中又是另外一番景象（女方在廈門教書，除非想談異地戀，否則怎會贊同？這豈不是繞著圈子拒絕人？）。

雖然心裡不痛快，但焦母不動聲色，打算將這場已經註定失敗的相親飯進行到底。

反觀焦礁，他尚不清楚自己攤上了麻煩，依舊大口大口地吃著美食……

焦礁_4

4

焦礁訂的是晚上七點十分起飛的航班，所以一回到家，他便動手打包行李。等打包完畢，他母親也提著行李過來。

"媽，妳這是要去哪兒？"焦礁問。

"你上哪兒，我就上哪兒。"

"開什麼玩笑？"

"不開玩笑。"焦母一臉正經，"今天的相親算是報銷了，我們得為下一次做準備。"

"所以呢？"

"我跟著你回去，看著你把房給退了。你的貓若能找到領養人最好，找不到就帶回來養。"

焦礁懵了，怎麼才一會兒工夫就風雲變色？

"媽，妳沒聽吳巧如怎麼說的？她說如果已經習慣了一個地方，大可不必……"

"我知道她說了什麼，"焦母立即接棒，"這就是說話的藝術，既拒絕了人，又不傷和氣。"

焦礁再次懵了，明明說的是交通便利，不必刻意搬來搬去，怎麼到了母親這裡就成了不一樣的故事？

"媽，這到底是怎麼回事？妳叫我跟陌生人吃飯，我去了，現在妳又不開心，還硬要跟我一起上飛機，是不是非把人逼瘋了，妳才稱心如意？"

焦礁以為母親聽得出這是個玩笑話，哪知恰恰相反，她癱在椅子上淚眼婆娑，這可把焦礁嚇壞了，又是倒水，又是揉背，好不容易才讓母親停止哭泣。

"媽，"焦礁柔聲地問，"妳能告訴我，妳想要什麼嗎？"

"我想要個孫子，最好還是帶把的。"

這真有難度，他連"男朋友"都沒有，遑論"女朋友"。

"除了這個，其他都好商量。"焦礁說。

"我也是，除了這個，其他都好商量。"他的母親答。

焦礁沉默了，搞不懂為什麼老一輩的人對傳宗接代如此執著？難道人生還不夠苦嗎？何必把別人也拖下水？

見兒子悶不吭聲，焦母終於說出她急於抱孫的理由，原來焦妍已經13、4歲，動作快一點兒的話，五年內可以結婚生子，如果焦礁不趕緊生娃，難保焦家的產業最後不會落入他人之手，到時候就叫天天不應，叫地地不靈了！

焦礁沒料到母親會把未來二、三十年可能會發生的事提前推演了一遍，不過她的擔憂倒也不是空穴來風，以父親頑固的個性和對傳統思想無可救藥的膜拜，還真有可能選邊站。

見兒子依然不言不語，焦母語重心長地說："本來也沒指望你，偏偏你哥走得早，他若不走，我現在也抱孫了。"

說起焦俊，當年拿到碩士學位後便順利入職一家科技研發公司，哪知工作幾年後，他又決定回學校讀博，婚姻大事就這麼耽擱下來。查出罹癌是剛訂婚沒多久的事，化療期間，他的未婚妻尤瑞蓮一直不離不棄，能做到這個份上，挺不容易的，所以即使後來尤瑞蓮又談了朋友，並且快速移民到美國，焦礁也從未埋怨……

"我挺理解妳的，"焦礁對母親說，"不過妳總得給我時間挑一挑。"

"就算給你十年，你會挑嗎？"他的母親答，"我看還是相親比較快，一個不行，再換下一個，總會挑到合適的。"

看這個勢頭，焦母是鐵了心扛到底，焦礁若不退一步，今天很難逃脫，於是他給出一年的期限，一年內若沒談到朋友，任憑母親安排。

"一年？你說的？"他母親不放心地一問。

"我說的。"

有了兒子的保證，焦母不再執意跟著，反而催促他快走，免得誤機。

上了飛機後，焦礁才開始焦慮起來，他有社恐症（尤其害怕與女人相處），他要如何在期限內找到願意跟他生孩子的人？這可真是個大難題呀！

焦礁_5

5

回自己的小家後，焦礁隔了兩天才上健身房，結果一抵達便被玻璃門上的通告給嚇到了，忍不住罵道："操！我上個月才交的年費。"

"我更慘，"安柏熙從他背後現身，"上禮拜才交了兩千四。"

"兩千四？不是兩千嗎？"

安柏熙聽完，愣了一下，接著把他所知道的髒話全數奉上。

"別生氣了，"焦礁說，"既然健不了身，我們何不去游泳？我知道有個會員制的游泳池，水質好，人也少。"

後來他倆真的去游泳，游完泳又一起去吃火鍋，不巧安柏熙的白T恤被滾燙的紅油給濺到，看起來很不雅觀。

"我的公寓就在附近，你可以到我家換件衣服。"焦礁提議。

其實安柏熙的家離火鍋店也不遠，但他還是點頭同意了，導致日後提起是誰追的誰，總扯不清。

“肯定是你追的我，”焦礁說，“你家離我家就一站地，我一喊你，你就過來，這不明擺著？”

“那你為什麼喊我？”安柏熙抓住把柄問。

“還不是……還不是因為你的衣服髒了嘛！”

安柏熙比焦礁小了足足一輪，但為人處事卻有他這個年紀不該有的成熟。相形之下，焦礁更像是個弟弟，尤其他倆的第一次，還把安柏熙給整無語了。

“你……你已經出社會好多年了，怎麼……”安柏熙不解地問。

“別問了，”焦礁把臉埋進枕頭裡，“你如果不滿意，大可走人。”

安柏熙當然沒走，難得遇到一個“三十多歲還守身如玉”的人，他愛護都來不及，怎麼捨得離開？只是交往是一回事，公開又是另一回事，安柏熙的理想狀態便是在無人知曉的情況下做愛做的事，那麼焦礁是否也做如是想？

當安柏熙以隱晦的方式試探焦礁時，得到的答覆是——感情是兩個人的事，無需公開。

既然如此，那再好不過，於是安柏熙放下所有的顧慮，專心與焦礁交往。

某天，巫山雲雨過後，焦礁問安柏熙：“你喚我的名字時，心中想的是哪個Chiao？”

“這有差別嗎？”安柏熙反問。

“有，我很想知道。”

於是安柏熙在焦礁耳邊低語：“是女字旁的嬌。”

焦礁就知道會是這個結果！每個喚他名字的人，多少帶著捉狹的心理，這可以從他們曖昧的眼神以及似笑非笑的表情中看出。

“你怎麼了？”安柏熙摟住他，“生氣了？”

“嗯！”

“為什麼？”

於是焦礁道出自己曾受過的嘲弄。

“原來你也遭遇過校園霸凌。”安柏熙說。

“沒那麼嚴重啦！”焦礁馬上澄清，“多虧我有個聲名遠播的哥哥。”

這當然是從好的方面來說，從壞的方面來說，就不是那麼回事了。

曾經有人問過焦礁：“有個完美哥哥是種什麼體驗？”

焦礁的答案是——痛苦且快樂著。

上學期間，所有的老師都曾對他說過焦俊的豐功偉績，並且對他有過同樣的期許。事實證明焦俊是焦俊，焦礁是焦礁，他再怎麼努力也及不上哥哥的十分之一。這種反差襯得焦礁更加失色，加上“雌雄莫辨”的外形和安靜的個性，這類人其實很容易被針對，但他硬是從沒被同學霸凌過（頂多因名字被取笑而已），想來大概是懾於他哥哥的萬丈光芒，不想把事情給做絕了。

所以有這樣的哥哥到底是幸還是不幸？這很難說，不過焦礁是真愛他的哥哥，因為在他的家裡，母親太難以捉摸，父親又太強勢，只有比自己大五歲的哥哥既當爹又當媽地照顧他，讓他還能感受到家庭的溫暖。這也是焦礁一直無法接受哥哥死亡的原因，如果他們兄弟倆之間註定有一人會早死，那也應該是平庸的自己才是，他甚至認為父母也有相同的想法，那才是最傷的……

這是安柏熙第一次從情人口中得知他的家庭狀況，與自己相比，焦礁實在太可憐了，他願意為這個可憐人帶來歡笑。

“這樣啊！那我以後不叫你女字旁的嬌，改叫你草字頭的Chiao。”

焦礁想了一下，立馬捶打枕邊人，直呼他好色！

"我說錯了嗎？"安柏熙抓住焦礁的拳頭，"你的確是我的小香蕉啊！"

時光荏苒，兩個男人的愛情從五月進行到來年四月，焦礁見證了安柏熙戴上學士帽，再到接受空服員培訓的整個過程，當他正式穿起空少制服時，他倆已經在一起近一年，只差同居（安柏熙與父母同住，夜裡肯定得回家睡覺）。

"CC，你什麼時候飛廈門？"焦礁邊幫安柏熙擦背邊問。

"不知道，看公司怎麼安排。"

"五月十日是我哥的忌日，我想把你介紹給我哥。"

安柏熙一聽，原來是見焦礁最愛的哥哥，那麼即使下雪落雹也得去。

這個表態讓焦礁很是欣慰，縱使他清楚地知道"見哥哥"不是此行唯一的目的......

焦礁_6

6

兩個月前，焦礁的母親便開始詢問他是否會帶女朋友回家？他的答案總模糊不清，直至母親表示已經幫他物色了幾名不錯的姑娘，他才改口焦俊忌日那天，他的"伴侶"也會一同前來祭拜。

"太好了！你女朋友叫什麼名字？多大年紀？做什麼工作？老家在哪裡？"

隔著屏幕，焦礁都能感受到母親的喜悅之情。

"到時候見面就知道了。"焦礁意興闌珊地答。

為了這次會面，焦礁想了不下十幾種藉口，最後都被他一一給否決掉，因為他的母親雖然外表柔弱，但心思卻複雜得很，一點點兒的蛛絲馬跡都能喚醒她那無窮無盡的猜疑心，與其玩捉迷藏的遊戲，倒不如誠實為上策，反正伸頭一刀，縮頭也一刀。

雖然焦礁已經下定決心破碗破摔，但表情是騙不了人的，安柏熙問他是不是有什麼心事？

焦礁本來想隨便搪塞過去，最終還是選擇說實話，畢竟安柏熙是當事人之一，把他矇在鼓裡很不道德。

"不不不，你可千萬別公開我們的關係！"安柏熙大驚失色，"歷史證明所有承認出櫃的人，最後都死得很慘。"

"那怎麼辦？我已經承諾一年內若沒找到結婚對象，任憑母親處置。"

安柏熙想了想，回答自己有主意了，要焦礁不用擔心。

"說來聽聽。"焦礁頗為興奮地一問。

"現在說就沒意思了。"

見安柏熙一副胸有成竹的樣子，焦礁遂不再追問，並且為"終於甩了燙手山芋"而高興。

他倆後來按照原計劃進行（五月九日下午，焦礁搭乘安柏熙值勤的班機一同飛往廈門），當抵達焦家門口時，夜幕已經降臨，襯得屋子有點兒陰森的氣息。

"你家牆上怎麼長草了？"安柏熙問。

"那不是草，而是一種叫爬山虎的藤蔓。"

"為什麼不剷除？"

"我媽喜歡。"焦礁邊答邊按下門鈴。

才一會兒工夫，安柏熙便見到焦礁的母親，一個保養得很好，但眼神不怎麼友善（甚至帶點兒敵意）的中年婦女。

"焦礁，這位是……"

還沒等焦礁回答，安柏熙便做自我介紹："伯母您好，我叫安柏熙，您可以叫我小安，我是焦礁女友的表哥。"

聽到這個回答，焦礁的眼睛睜得好大，心想這是什麼操作？

"原來是表哥，"焦母明顯輕鬆不少，"怎麼你表妹沒來？"

"她得了急性腸胃炎，因為之前已經答應前來，怕失禮，所以讓我代替她先來與您打聲招呼。"

"好好好……"焦母笑得眉眼彎彎的，同時側過身去，"快進來，你和焦礁先在客廳坐會兒，我炒兩個菜，很快就能上桌。"

這兩人進門時已接近夜裡八點，為了等兒子和客人，焦母特意把能快炒的菜擺在最後。

待母親進廚房忙活，焦礁才壓低聲音問："你葫蘆裡賣什麼藥？"

"能有什麼藥？我是沈文倩的表哥，三點水的沈，文章的文，倩女幽魂的倩，記好了，別出紕漏！"

焦礁從未聽說過這個名字，以為是安柏熙臨時杜撰出來的，但事實恰好相反，沈文倩不僅確有其人，還與安柏熙約會過好多次，只是焦礁不知情而已。

不到一刻鐘，焦母便喊可以吃飯了，看著一桌豐盛的菜餚，安柏熙一時竟不知如何下箸。

"小安，你嚐嚐佛跳牆。"焦母用筷子指向正中央的瓷瓦罐，"我準備了三天呢！"

佛跳牆是福建省的名菜，選用鮑魚、海參、魚唇、犛牛皮膠、杏鮑菇、蹄筋、花菇、墨魚、瑤柱、鵪鶉蛋等高級食材，加入高湯和福建老酒後，以文火煨製而成。由於所費不貲且烹煮麻煩，通常只有特別的場合和日子才會出現在餐桌上，可見焦母多麼重視這次的會面。

此時的焦礁主動盛了三碗佛跳牆，給安柏熙的那碗不含海鮮。

"你這孩子！"焦母瞪了自己的兒子一眼，"怎麼不給客人吃好料？"

"Ｃ……安柏……小安不喜歡吃海鮮。"

焦礁以為自己反應及時，可是他母親卻起疑了，問他倆是否很熟！

"熟，當然熟。"安柏熙搶答，"沈文倩還是我介紹給焦礁的呢！"

因為"焦礁女友"的出現，焦母的注意力立刻被轉移，接下來吃了多久的飯，就問了多久的問題，把沈文倩的老底都掀了個遍。

"看樣子這是個條件不太好的孩子，不過我很開明，只要人乖乖的，身體健康就行，其他都不重要。"焦母最後下結論。

"我也是這麼想的。"安柏熙衝口而出。

這個回答讓焦母有些迷惑，安柏熙也自覺失言了，為了再次轉移注意力，他問焦礁的母親要不要看沈文倩的照片？

"你有照片？"焦母兩眼發光，"快讓我瞧瞧！"

那是一張兩個人的合影，如果不是早知道這兩人是親戚關係，焦母恐怕要以為這是一張情侶照。

"這女孩長得真美，配我家焦礁正好。"說完，焦母還特意看了自己的兒子一眼。

與母親的滿意不同，焦礁的懷疑全寫在臉上——怎麼安柏熙和這個女人如此親密？她真的是他的表妹嗎？

吃完飯，又吃了點兒水果，焦母才放兩人去休息，焦礁當然睡在原來的房間，客人則被安排住在頂樓。對此，兩人皆無（也不敢有）異議。

夜裡，躺在床上的焦礁輾轉反側，他越想越不對，決定上樓問個明白，哪曉得安柏熙已經呼呼大睡，看來只能另外挑個合適的時機再問。

次日，陽光明媚，起床後的焦礁先到安柏熙的房間，結果床上空無一人，倒是陽臺有個身影。

"你起得可真早！"焦礁走向背對他的人，"昨晚睡得好嗎?"

"很好。"安柏熙指向遠方，"看！那是廈門的雙子塔，從你家陽臺竟然看得到。還有，昨晚你家看起來怪嚇人的，今晨一見，卻有不一樣的感覺，既古樸又清幽，連爬山虎也別有一番風味。"

焦礁對這樣的讚美並不感興趣，他想問的是安柏熙與照片中女孩的關係。

"CC，昨天......"

話還未講完，焦礁的母親站在庭院仰頭高喊著："原來你們已經醒了，快下來吃早飯，待會兒還得出門呢！"

想到今天是哥哥的忌日，焦礁把話吞下，和安柏熙一起下樓去......

焦礁_下

7

焦礁的哥哥已經去世兩年了，但面對墳頭，焦母的眼淚還是嘩嘩嘩地流，搞得焦礁不知如何是好，還是安柏熙機靈，他首先先向素未謀面的焦俊做自我介紹，接著適時提到"表妹"。此話一出，焦礁的母親果然忘了哭泣，開始對焦俊絮絮叨叨起來，在她的描述下，這位"未進門的兒媳婦"哪哪都好，堪稱完美！

"媽，我認識沈婉倩不過幾個月的時間，可是妳好像已經認識她八百年了。"

焦礁自以為幽默，其實捅了個大婁子。

"瞧你，怎麼把人名給搞混了？"安柏熙說，" 沈婉倩是你的健身教練，你的女友叫沈文倩。"

焦礁被當頭一棒，立即承認口誤。

"還好我表妹不在這裡，"安柏熙繼續說，" 否則事情大條了。"

這兩人唱完雙簧，同時看了焦母一眼，後者把眼光移開，嘴裡唸叨著："該上香了，香呢？我想想放哪兒了……"

回鼓浪嶼的路上，焦母全程冷漠，到家後，卻變得有說有笑，這太不正常了！

安柏熙思忖得趕緊腳底抹油，待得越久越不利。

當他把這個念頭告訴焦礁時，焦礁不苟同，因為他已經告訴自己的母親明天走，倘若現在就離開，豈不是更加疑點重重？

安柏熙想想不無道理，那就讓焦礁單獨留下，自己先到廈門市區轉轉，明天兩人在機上會合。

焦礁雖然不樂意，但眼下也沒別的法子，只能讓情人先避避風頭。

主意一打定，安柏熙拿好行李，下樓與焦礁的母親告別。

"怎麼這麼快就走？"焦母說，"是不是哪裡招待不周？"

"您言重了，公司臨時調班，我不得不提早離開。"

"那麼路上小心點兒，記得替我問候你表妹。"

"……會的。"

安柏熙前腳一走，焦母立刻質問自己的兒子為什麼要撒謊？

"撒……撒什麼謊?"焦礁反問，兩腿不由自主地打顫。

"沈文倩是小安的女友，不是你的，為了欺騙你老母，你可真是用心良苦啊！"

母親沒發現他和安柏熙的親密關係，反倒讓焦礁大鬆一口氣，索性順著誤會發揮下去。

"沒錯，我是請朋友幫忙演了一齣戲，妳別怪小安。"

"我不怪他，不過你得信守承諾，現在由我來安排你的終身大事，直至定下來，你才能離開鼓浪嶼。"

“好。”

兒子的無條件配合讓焦母很是滿意，殊不知這是煙霧彈，焦礁的如意算盤是這麼打的——只要一直對相親對象不滿意，拖過一段時間後，母親終究會放過自己，因為小地方的消息傳得很快，如果多次相親仍不成功，久而久之，鄉親們只會從本人或其原生家庭找問題，他母親的臉皮很薄，絕對禁不起輿論壓力……

當晚，焦礁藉口出門買金包銀（廈門的特色小吃），悄悄溜到無人處打電話。安柏熙一聽說焦礁的母親認定沈文倩是他的女友時，哈哈大笑起來。

“你笑什麼？難道這是真的？”焦礁終於問了埋藏在心裡兩天的疑問。

“當然不是，你想多了。”

有了安柏熙的否認，焦礁總算放下心中巨石，同時把接下來的計劃據實以告。

“話是這麼說，但搞不好你會看中相親對象。”安柏熙說。

“絕無可能！我的生命中除了你，不會再有別人。”

焦礁以為安柏熙會趁機表忠貞，結果他卻說了莫名其妙的話——只要心中有彼此，形式是什麼不重要。

“我不懂，你能告訴我這是什麼意思嗎？”焦礁問。

“有一天你自然會明白。”他答。

等焦礁真正明白過來時，安柏熙已經使君有婦了。

“你……你怎能這樣？”焦礁捂住頭，“我對你的愛從來沒變過，到頭來你卻結婚了，為什麼？為什麼要對我這麼殘忍？”

“聽著，”安柏熙捧住他的臉，“我倆的關係註定見不得光，既然改變不了世俗，那就按規矩走，何苦雞蛋碰石頭？實話告訴你，我娶沈文倩只是為了傳宗接代，沒有任何感情因素在裡面，你同樣也可以結婚生子，這並不妨礙我們在一起，就像現在這樣。」

此時此刻，他倆剛結束溫存，地點是廈門市區的某個酒店（為了不讓沈文倩發覺有異，安柏熙刻意飛來廈門幽會，每週至少一次）。

「不，」焦礁推開情人，「我不是你叫的免費男公關，你讓我覺得自己好髒、好廉價。」

「行！」安柏熙跳下床找散落一地的衣褲，「你什麼時候想通了，什麼時候再來找我。」

誰能想到這一別竟是七年……

焦礁_8

8

當母親告訴焦礁——彬彬得了"算術小標兵"的獎狀時，他還以為是親戚家的孩子。

"你傻啊！"他母親在電話裡嚷著，"說的是你的孩子，他已經上幼兒園小班了，老師說這個年紀的孩子可不是每個都會個位數的加減法喔！"

焦礁記得上回見面時，焦彬還在學走路，怎麼一下子就上幼兒園，還會加減法？時光到底施了什麼法術？

"媽，小孩子就讓他多玩玩，別給他加功課，這時候不玩，什麼時候玩？"

"你別管，我就這麼一個孫子，還會害他不成？對了，下禮拜是你哥的忌日，記得回來一趟。"

這是焦俊的第九個忌日，讓人不禁感慨流光易逝。

"知道了，我一定回。"他答。

為了這次回家，焦礁做了一系列的準備工作，除了分別給母親和彬彬買了禮物外，還到移民局辦理回頭簽，同時不忘上物業辦公室預存一筆水電費，省得回來後沒水沒電的。

等一切都辦好後，他坐上開往機場的出租車。

當飛機起飛到一定高度時，他從舷窗往下探去，一畦畦的綠地很是養眼，甚至還能看到蜿蜒的湄平河，據說這是泰國母親河（湄南河）的源頭……

"小夥子，"坐在焦礁隔壁的老先生忽然開口，"你看得懂泰文嗎？"

"基本看得懂。"他答。

"太好了！"老先生把他的護照遞過去，"你幫我看看這是不是回頭簽？"

焦礁定眼一看，上面寫的是英文，不是泰文，不過這不妨礙他閱讀。

"是的，這是單次的回頭簽，下次若離開泰國還得再辦。"

"謝謝！"老先生拿回自己的護照，"也不知還有沒有下次，都這個歲數了，什麼都不好說。"

老先生的人生感悟沒錯，但焦礁認為"無常"與歲數沒多大關係，反而跟命運有關，好比他從未想過自己會年紀輕輕就出國，並且以學生的身份留在泰國清邁，一住就是七年……

提這個，當然得話說重頭。想當年為了療情傷，焦礁踏上了旅途，可惜不論身處何處，依舊逃不過母親的索命連環call，於是索性飛到離西雙版納只有200公里遠的清邁（他把國內的手機卡取下，換上泰國的，母親沒有新號碼，自然無法call他），然後以學習泰語的名義留下來。等他知道單身人士也可以在泰國做試管嬰兒時，那是一年以後的事，這無疑給了焦礁一勞永逸的機會，他立刻付諸行動。當焦母見到兩年未見的兒子抱著一個嬰兒出現時，所有的怨氣都一掃而空，取代的是初為祖母的喜悅。

晃目的（完成母親的心願）已達成，焦礁再次出國，除了偶爾回國探親，基本已成"海外人士"。

"你回來了，"他母親讓開身來，"小聲點兒，彬彬還在睡覺。"

清邁沒有直飛廈門的航班，加上落地後還得上島，焦礁到家時已過了午夜12點，沒想到他母親還在等門。

待他在沙發上坐下，母親問他想吃什麼？

"我在機上吃過了，不餓。"他答。

"那吃點兒水果，今天的西瓜可甜了。"

焦礁的母親沒留意到自己的兒子剛從素有"水果王國"美稱的泰國歸來。

"媽，我不吃了。事實上我很累，想先洗個澡，然後上床睡覺。"

"那快去！對了，你看彬彬時，記得小聲點兒，別吵醒他。"

如果不是母親提起，焦礁壓根兒沒想過該看看許久未見的兒子。

淋浴完畢，就在準備上床前，焦礁還是決定看一眼彬彬，結果一打開房門，一股兒童身上才會有的奶香味立即撲來。他走近一看，小傢伙長得很結實，虎頭虎腦的，煞是可愛，只是一點兒也不像他。

至於像誰？當然像他的媽媽，不過焦礁從未見過這位卵子提供者（代孕媽媽倒是見過），只知她是一名華裔，本科學歷。

焦礁輕輕撫摸一下兒子的頭，算是表達了做父親的關愛，然後轉身回到自己的房間。

隔天，母親過來喚他，他翻了個身，繼續呼呼大睡。等他醒來時，兒子已經上學去了。

"彬彬知道你回來，高興得要命，嚷著要你送他到幼兒園。" 母親邊盛稀飯邊說。

"我睡死了，明天，明天我一定送他上學。" 焦礁答。

"明天是你哥的忌日，" 焦母把小菜一一推到焦礁面前，"我已經幫彬彬請假了。"

焦礁噢了一聲，埋頭吃飯。

"你吃，我說。" 他母親坐了下來，"彬彬現在上幼兒園小班，老師問我怎麼都是奶奶帶著上學？我回答孩子的父母都在國外工作，算是搪塞過去，但這終究不是辦法，等他上小學，人更多，嘴更雜，你就不怕自己的兒子自卑？"

"到時候我就回國定居唄！"

"那孩子的媽呢？" 焦母停頓了一下，"我也知道彬彬是試管嬰兒兼代孕出生，但他也會想要有個媽媽。"

"我以為我們已經對此討論過了。" 焦礁放下碗筷，表情嚴肅，"孩子我已經幫焦家生下，義務算是盡了。"

"可是……"

"我吃飽了。" 焦礁猛然站起，"我出去走走，妳別跟來。"

鼓浪嶼最不缺的是遊客，而且貌似逐年增加，走在小島上，焦礁竟然有種疏離感，這還是他印象中的家鄉嗎？

又走了幾步，氣急敗壞的聲音忽然傳來。

"姓安的，我命令你半個小時內出現，否則後果自負！" 女孩說完，把手機扔進包裡，然後開始補妝，就在人來人往的大街上。

焦礁刻意看了女孩一眼，即使化了妝，顏質仍屬中下，安柏熙應該瞧不上眼。

腦海一有這個念頭，焦礁立刻自責起來，怎麼還會想起這個人？早八百年前的事了……

可是接下來，那人卻如影隨形，當他爬坡時，想的是安柏熙；當他下坡時，想的是安柏熙；當他望海時，想的是安柏熙；當他不望海時，想的還是安柏熙。

“CC，”焦礁的內心獨白著，“你說你對我如此殘忍，為什麼我還會不斷地、不斷地想起你來？”

浣紗路上的焦礁……

焦彬對許久未見的父親無疑充滿期待，可是當真正面對面時，這孩子卻躲進奶奶的懷裡，怎麼也不肯邁出第一步。

焦礁靈光一閃，把事先準備好的禮物攤在桌上，這招果然有效，只見焦彬離開奶奶，將禮物一一拿起，又一一放下。

"彬彬，"焦礁喊著，"這些都是我買的禮物，全是你的。"

"怎麼沒有尤達寶寶?"孩子問。

焦礁看了自己的母親一眼，沒有得到答案，遂問兒子什麼是尤達寶寶?當得知是星際大戰影集《曼達洛人》裡的人物時，他直接問兒子哪裡能買到?

"楊唯嘉的尤達寶寶是在迪士尼樂園裡買的。"他答。

"那有什麼問題?過兩天我們就上迪士尼樂園玩，順便買尤達寶寶。"

"真的？"

"當然是真的。"

有了這個承諾，父子倆的距離拉近不少，這可以從焦彬主動拉自己的父親坐下，兩人一起玩新買的玩具中看出。

焦母見狀，很是欣慰，這不是長久以來一直期盼的溫馨畫面嗎？

給焦俊上過香後的次日，焦礁實現了諾言，帶著母親和兒子坐上飛往上海的航班。

在迪士尼樂園裡，他們玩了極速光輪、抱抱龍、礦山車和雷鳴山漂流等，還看了花車巡遊和夜間的煙花表演，當然也買了尤達寶寶，唯一的遺憾是由於時間緊迫，沒能訂上園內的酒店，不過焦彬好像不在意的樣子，依舊玩得盡興，還沒等回到酒店便在焦礁的懷裡睡著了。

"沒看過彬彬這麼開心過，"焦母說，"早知道就帶他來這裡玩。"

"偶一為之還可以，次數一多就不稀奇了。"焦礁答。

"接下來的三天真的要待在上海嗎？"

"當然，好不容易來一趟，怎麼也得玩夠本才行。"

後來焦家三代人踏遍了上海的大街小巷，回程時又順道拜訪鄰近的浣紗鎮，聽說這是一座古風猶存的小鎮，還有一個赫赫有名的錢家染坊。

從錢家染坊出來後，他們沿著浣紗河往北走，走了約莫十多分鐘後，焦彬忽然吵著要吃棉花糖。

"乖孫仔，這裡沒賣棉花糖。"他的奶奶答。

"有，剛剛去的地方，大門出來的右手邊有人在賣。"

焦礁聽了不免來氣，責問兒子怎麼這時候才說？

"幹什麼大呼小叫的？"焦母立刻護住孫子，"現在說不也一樣？"

"媽，妳……"

"別說了，我帶我的彬彬去買棉花糖吃，你就待在這裡好好反省一下。"焦母睨了焦礁一眼，"動不動就兇孩子，父親是這麼當的嗎？"

焦礁懶得反駁，但也不願像個木頭人似地站在路邊"反省"，於是極目四望，恰好看到一位有些面熟的女子從茶館裡走出來，正想著這人是誰呢？母親再度叮囑他站在原地不動，否則回來找不到人。

"我喝茶去，你們回來後，上巫覡茶館找我。"焦礁指著不遠處的門頭招牌說。

當焦母帶著孫子離開時，焦礁也走向茶館。一推開門，裡面的陳設讓他感到迷惑，這是茶館嗎？

他下意識往身後的門頭招牌望去，沒錯，是茶館呀！

等他再度將目光落回"茶館"內，一位白髮老翁赫然出現，把焦礁嚇得夠嗆。

"我好像嚇到你了。"老人說。

焦礁嘴巴否認，但實際情況正好相反，因為老人是憑空出現的，像變魔術一樣，除了"眼花"，他找不到說服自己的理由。

"沒有就好。"老人停頓了一下，"你想一直站在門口嗎？"

焦礁只好走進來，結果一踏入，身後的門立即闔上，他再次張口結舌。

"風吹的，"老人樂呵呵地解釋，"你好像很容易受驚嚇。"

"沒……沒有的事。"

為了化解尷尬，焦礁佯裝對店內東西很感興趣的樣子，於是老人不厭其煩地一一做出說明，原來每樣東西都有特殊的作用，有的可以挽回愛情；有的可以消災避難；有的可以延年益壽。

"那這個呢？"焦礁指向垂掛在壁燈下的披肩問，因為店內只有此物不奇怪，但擺在一個奇怪的店裡卻顯得奇怪。

"那個……不好說。"

"為什麼不好說？"

老人正要回答，奇怪的聲音忽然傳來，說的是——歡迎光臨。

"奧奇，人已經進來好一會兒了，不用說歡迎光臨。"

焦礁順著老人的目光望過去，結果原本不動的黑色鳥瞬間炸毛，喉嚨還發出咕嚕咕嚕的聲音。

"這是某種我不知道的高科技產品嗎？"焦礁問老人。

"哈哈！當然不是，它是一隻活鳥，名字叫奧奇。"

焦礁走過去察看，確認是真鳥後，不吝讚美："你的普通話說得真好。"

"當然，"鳥回答，"我說得比羅曼好。"

"羅曼是誰？"

這次鳥保持沉默，反而是老人代答——羅曼在樓上。

"我可以上去看它嗎？"焦礁問。

"當然可以，你還能順便喝個茶。"

"你的意思是樓上是茶館？"

"可不是嗎？門外招牌寫得清清楚楚的。"

這下子焦礁恍然大悟，原來自己沒搞錯。

"那我上去了。"他說。

"小心臺階，"老人叮囑著，"踩空就不妙了。"

焦礁當然沒踩空，只是他以為可以在二樓看到另外一隻八哥，結果連個人影也沒有，倒是有幾條魚在大到需要兩個人合

抱的陶缸裡游來游去，紅的、黃的、黑的、白的，煞是好看
！

"這些都是錦鯉的魚苗，"一位穿著兩截式漢服的女子忽然說
，"等大一點兒就得搬家了。"

焦礁本來想問方才怎麼沒看到她人？結果到嘴邊問的卻是——
為什麼要搬家？

"因為錦鯉能長到一米長，甚至更長，陶缸自然放不下了。"
她答。

焦礁噢了一聲，接著便無話可說，還是女子打破沉默，問他
想不想坐下來喝杯茶？

"也好，請給我來一杯冰的，任何一種都行。"他答。

"好的，請坐。"

焦礁左右張望，眼下只有一張桌子，毫無疑問，他只能坐那
裡。

只一會兒的工夫，女子便捧來一杯裝滿冰塊的橘紅色飲料，
焦礁怎麼喝都覺得像在喝泰茶。

"這是泰茶嗎？"他問。

"是的。"

"我以為中國的茶館不會賣這玩意兒。"

"你剛從泰國回來，我以為你會想喝泰茶。"

"妳……妳怎麼知道我剛從泰國回來？是不是因為我的皮膚比
較黑？"

女子沒回答，反而拉開他對面的板凳坐下，同時撿起他喝過
的塑料杯邊察看邊說:"你喝得只剩冰塊。"

"因為冰塊佔據大部分的空間。"

焦礁以為女子會為此感到汗顏（給客人的飲料，冰塊竟多於飲品本身），但沒有，她反而樂觀地表示只要有5毫升的茶水在，就不難看出。

"不難看出什麼？"焦礁問。

"不難看出你的心裡裝著一個男人。"

焦礁的心喀噔了一下，這是什麼情況？莫非在錄整人節目？

他四處張望，想找出攝像頭，女子卻說："不用找了，這不是在錄整人節目。"

女子不說則已，一說，正好應驗"此地無銀三百兩"這句話。

焦礁不想成為被整蠱的對象，於是問茶錢多少？

"這麼快就要走了嗎？"女子反問。

"嗯！我媽和我兒子正在外面等我。"

"放心，買棉花糖的人很多，還沒輪到他們呢！"

焦礁不淡定了，莫非母親和彬彬也被人監視著？

"沒有，沒人監視你母親和彬彬。"她答。

怎麼這個女人好像有讀心術？焦礁嚇得站起來，還因用力過猛，撞翻了杯子。

"小心！"女子立即將杯子扶正，但還是有冰塊和液體流出，"哎呀！本來就沒什麼茶水，這下子更少了。"

"妳別賣關子了！"焦礁沈下臉來，"告訴我，妳如何知道我和我家人的隱私？"

"是你喝過的茶水告訴我的。"

焦礁笑得很苦澀，問："莫非我看起來像個傻子？"

"我沒說你傻，不過你的個性非黑即白，還有感情上的潔癖，在外人看來可能不夠聰明。"

焦礁雖然不願承認，但女子說對了，如果不是因為這種個性，他也不會到現在連一個親近的朋友都沒有。

"我喝過的茶水有沒有告訴妳——我心裡裝著的男人是誰？"他問，試探的性質很強烈。

女子仔細察看茶水，時間長到焦礁都快失去耐心才答："好像叫安柏熙，又好像叫CC，茶水太少了，我一時分辨不出來。"

安柏熙是身份證上的名字，焦礁一向喚他CC，也就是說，即使女子有通天的本事能事先查出焦礁曾經交往的對象，但也不可能連私底下叫的小名都知道。

"咳咳！"焦礁乾咳兩聲，"妳還知道些什麼？"

"我還知道你愛的人現在失憶了。"

"失憶了？"焦礁揚起聲，"什麼時候的事？"

女子又看了一眼茶水，很不確定地答兩、三個月前，也可能更久些。

"那他……他還記得我嗎？"焦礁迫切地問。

"他失憶了。"女子冷漠地答。

"我知道他失憶了，我的意思是失憶不可能百分百全忘了，總有忘不了的人……吧？"

"很抱歉……"

知道安柏熙已經忘了自己，焦礁心急如焚。

"你別心急，我再看看。"

女子的一番話讓焦礁又重新燃起希望，可惜茶水實在太少了，她看到的畫面皆呈支離破碎的狀態……

"那好，妳重新再做一杯，這次我只喝一點點兒。"焦礁提議。

"不行，再做的就不準了。"

聽完，焦礁感覺全身上下都沒了力氣，直到......

"還有另一個法子，"女子說，"你到樓下拿一件東西上來，運氣好的話，我可以通過那件東西看到未來。"

"任何一件？"

"任何一件。"

於是焦礁快速衝到樓下，結果發現樓下空無一人，連奧奇也不知所蹤，他只好在未告知的情況下取走那件說不上奇怪還是不奇怪的披肩。

接下來女子聚精會神地凝視著披肩，像要將它看穿了似。

"請問......"

"噓！別打擾我工作。"

於是焦礁閉上嘴巴。

"杜巴依發......咘地粗滋......瓦菲紅絲霸......杜巴依發......咘地粗滋......瓦菲紅絲霸......"女子將雙手置於披肩上方，同時反覆吟唱著。

過了好一會兒，她才停止這個怪異的舉動，然後以篤定的語氣說："你愛的男人曾經愛過你，但他現在愛的是一個喜歡騎重型機車的男人。"

"胡說！他不可能......不可能不愛我。"

"天底下沒有絕對不可能的事，與另一個女人相比，你已經夠幸運的了，至少你還被愛過。"

"另一個女人？妳指沈文倩？"

"是誰不重要，重要的是這個女人的真命天子以後才會出現，你也是。"

焦礁懵了，問這是什麼意思？

「當你問我這話時，其實心裡清楚著。」

焦礁還想追問，可是女子卻表示她已經把該說的都說完了，沒有更多可奉告的了。

這明擺著下逐客令，焦礁只能付款走人，可是女子卻說不要錢，只要他身上的東西，任何一件都行。

「這真是一家奇怪的店！」焦礁邊嘀咕邊取下脖子上的佛牌，那是經泰國高僧開過光的。

女子欲言又止，最後還是收下。

當焦礁走出店外時，正好迎上自己的母親和手裡拿著棉花糖的兒子。

「沒想到排隊的人這麼多，」他母親忍不住抱怨，「等得我快抓狂，結果買完後，彬彬卻不吃。」

焦礁遂問兒子為什麼不吃棉花糖？

「我……我想和爸爸一起吃。」

聽兒子這麼一答，焦礁的眼睛熱了起來，想當年若沒和安柏熙分手，現在又怎會有如此貼心的兒子？

這麼一想，焦礁好像又不後悔了……

第四位客人：焦妍

焦妍 — 1

I

一直到小學二年級，焦妍才算對家裡的人物關係有一些概略的了解，原來住在島上的媽媽才是她法律上的媽媽，但她本人一直跟著自己的生父生母住在看得見箟簹湖的大房子裡，連"養母"長什麼樣也不清楚（兩個哥哥倒是見過，因為他們偶爾會來家裡，還會給她買玩具，只是年齡太大，根本玩不到一塊兒）。

她曾分別問過自己的父母："為什麼別人的媽媽只有一個，我卻有兩個？"

父親給的解釋是——等妳長大後，自然會明白。

相較於父親的打太極，母親的答案簡單多了，她說島上的媽媽是假媽媽，她才是真媽媽（至於焦妍為什麼會有一個假媽媽？她母親則沉默以對）。

大部分的時候，這個三口之家一派和諧，但平靜的表面下偶爾也會暗潮洶湧，好比某天老師出了個作文題目《我的媽媽》，焦妍問父親她應該寫哪個媽媽？

她父親放下手中的《廈門日報》，思考了一下後，答："妳何不問問最靠近妳的那一位？"

最靠近焦妍的那一位正在廚房裡指揮傭人做飯，從傳來的香味判斷，今晚吃的應該是牛排大餐。

"就是廚房裡的媽媽讓我來問你的。"她答。

焦妍的父親把滑至鼻頭的眼鏡往上一推，露出奇怪的表情。

當日夜裡，已經睡著的焦妍被爭吵聲吵醒，迷迷糊糊中，她聽到母親說"殺了焦妍再自殺"的話，著實把她嚇得後半夜都睡不安穩。

隔天，她拿那句話去問母親，母親反而把她摟在懷裡，說："我連雞都不敢殺，怎麼敢殺人？何況妳還是我的心肝寶貝。"

焦妍想想也對，母親對她一向溺寵，連話都不敢說重，又怎會傷害她？

至於父親，打從那夜起，有了肉眼可見的變化，好比家用給得大方，逢年過節還有小驚喜，有空也會帶母女倆四處旅遊，跟人介紹起來也從"蕭女士和她女兒"變成了"我太太和小女"……

焦妍不知母親對稱謂上的改變有何想法，但她一點兒也高興不起來，因為母親保養得宜，看起來就像父親的女兒，這麼一推算，她無疑成了孫輩，這種視覺上的反差讓人很不適，所以她寧願父親用以前的稱謂，至少尷尬的程度會小一些。

時間來到焦妍上初二的某一天，父親要她穿上黑色的衣服，理由是她大哥去世了。

在墓園裡，她第一次見到"島上媽媽"，與自己的"真媽媽"一比，這個女人又老、又醜、又土，怎麼看都上不了檯面。

事後，“真媽媽”問起“假媽媽”可有對她說什麼？焦妍答：“她哭得很傷心，什麼話都沒對我說。”

“那她有沒有對妳父親說什麼？”

“有，她說多行不義必自斃，這就是報應！”

焦妍的母親聽完，臉色大變。其實不止母親快快不樂，她父親從墓園回來後就一直情緒低落，加上白髮增多了，整個人瞬間又老了十歲。

這樣低靡的氛圍持續了好幾年，直到二哥生子，事情才又有了變化。

“小妍，哪天把妳男朋友帶回來認識一下。”母親對她說。

焦妍和男友已經交往一年多，由於對方家境不夠好，一直不被母親認可，如今事態急轉直下，很是蹊蹺！

“我才不，妳肯定會說一些讓人下不了臺的話。”她答。

“我保證不會，只是先釐清一些事情，如果大致沒問題，我不反對你們年底結婚。”

焦妍的男友雖然已經開始就業，但她才上大二，這個年紀結婚未免過早？

“媽，妳反轉得太快，我消化不了，見面的事還是緩緩再說吧！”

“不見也好，我另外給妳安排相親對象。”

事已至此，焦妍只得跟男友商量，還好許沐司並不反對見面，只是母親那邊又有了變化。

“媽，為什麼只有妳跟許沐司見面？我和爸呢？”焦妍氣呼呼地質問。

“這是初試，等通過我這一關再說。”

這分明就是陷阱！

當焦妍將此事轉告男友，以為他也會像自己一樣生氣時，結果他卻很平靜地表示：" 我以為妳的家人不會給我見面的機會，現在給了，我不能要求更多。"

許沐司也曾是富貴人家出身，如果不是他父親與A股公司對賭失敗，也不致於落入這般田地。

" 沐司，你實在太善良了，我都不知該說什麼好。放心，我母親若欺負你，我絕不會善罷甘休。"

許沐司摸摸焦妍的頭，一臉愛寵。

焦妍 _2

2

小學六年級時，焦妍曾分別問過兩個哥哥："為什麼你不住在這裡？"

大哥給的解釋是他在外地讀書，不方便。

相較於大哥的避重就輕，二哥給的解釋"重"了一些，他答這不是他的家，鼓浪嶼才是。

雖然二哥給的解釋依舊模糊，但顯然多了一些信息，於是她乘勝追擊，問了一個很久以前她一直想知道，卻一直得不到答案的問題。

"妳何不親自問問妳的爸媽？"焦礁聽完後反問。

"我問過了，他們不告訴我。"

此時的焦礁陷入兩難，按理說，不該由他來揭開謎底，但焦妍已經夠大了，她有權利知道真相。

考慮再三，焦礁還是決定道出事情的來龍去脈，並且試著站在中立的角度，不帶個人情感，畢竟焦妍是無辜的。

"也就是說我是私生女，對嗎？"焦妍問。

"法律上妳是有身份的，妳的養母正是我母親。"

謎底揭曉後，焦妍五味雜陳，很明顯，自己的親生母親就是傳說中的壞女人，但她實在不願朝那個方向去想。

"哥，我就問你最後一個問題——你恨我和我母親嗎？"

焦妍的問題像一把利刃刺進焦礁的胸口，如果不是蕭阿姨，這個家不會四分五裂，自己的母親也不會大受打擊，以致將自己封閉起來。

"焦妍，有一天妳會明白，不管妳如何努力，該發生的事終究還是會發生，與其花大力氣去憎恨，倒不如過好自己的小日子。"

焦礁的這段話表面上是說給同父異母的妹妹聽，實際上又何嘗不是對自己說？

談話過後，焦妍雖然得到長久以來一直想知道的答案，但同時也對自己的出身耿耿於懷，這個芥蒂直到在大哥的墳墓前第一次見到毫無形象可言的"島上媽媽"後才消除，從此更加堅信自己的母親和父親是因為愛情（或者說強大的吸引力）而走到一起。

別怪焦妍以貌取人，從小到大，她母親便給她灌輸"顏質即正義"的觀念，哪怕長得醜，也可靠後天努力（譬如整容或化妝）來挽回局面，倘若連旁人的眼光都不在乎，那麼這個人就徹底完蛋了。

放在現實生活中，"島上媽媽"就是最好的例子，她連自己都不愛惜自己，有什麼條件要求別人去愛她（當然，焦妍還太小，不懂得有"喪子之痛"的人是不會在乎自己的外表，所以以偏概全）？

在此背景下，焦妍把"長得帥"放在擇友條件中的首位也就不難預想了，這可以解釋為什麼一個底薪只有三、四千元的房地產仲介會入她的眼，而且她還是主動追求的那一位。

本來焦妍的母親還心存僥倖，也許是哪個老總為了訓練兒子，讓他從底層幹起。當得知沒有驚喜後，立即翻臉，理由是天底下多的是長得好、家裡又有錢的，實在沒必要降格以求。偏偏焦妍是個戀愛腦，看對眼就死心塌地，何況許沐司還是個暖男，這讓第一次初嘗戀愛滋味的焦妍更加執著，還好這次她母親主動鬆口，讓焦妍看到了曙光。

"世紀大會面"後的當晚，焦妍迫不及待地打電話問詳情，結果碰了一個軟釘子。

"你是不是有客戶在？" 她問。

"……嗯！"

"那麼結束後打給我，多晚都行。"

"……好。"

可是直到隔天起床，許沐司仍沒打給她，連個留言也沒有。

焦妍本來想再次撥打，但擔心他還在睡覺，所以決定先探一探母親的口風。

"很好呀！" 她母親邊吃早飯邊答，"有說有笑的。"

有了母親的答覆，焦妍放下心來，吃完清粥小菜便上學去，殊不知這是暴風雨前的寧靜……

焦妍 _3

3

為了這次見面，許沐司做了充分的準備，包括在形象上努力達到完美，可是到頭來卻徒勞無功，甚至說得上自取其辱。

"你的收入不穩定，本來像你這樣的人選，我是不會考慮的，不過現在情勢上有了變化，所以……"焦妍的母親特意看了許沐司一眼，"我就直說了，如果你答應今年成婚，並且讓第一位長子冠上焦姓，我便同意這門親事。"

許沐司原以為彩禮會是道坎，沒想到先送上來的是子女的姓氏問題。

"如果我和焦妍生的是女兒呢？"許沐司反問。

這個問題勾起焦妍母親的傷心事，想當年她曾懷上第二胎，但為了不刺激昔日閨蜜，她選擇偷偷打掉。如今回想，真是失策！如果當時執意生下，也許會是個男孩，現在也不用急著讓焦妍嫁給一個她看不上眼的男人。

"如果是女兒，那就繼續生，"她答，"直到生下男嬰為止。"

“冒昧問一句，這是為什麼？”

“我們只有一個女兒，總不能讓焦家絕後吧？！”

這個理由看似合理，卻不是真正的理由，說來說去，還是為了錢。

是這樣的，老焦原來有兩個兒子，老大還特別優秀，在此情況下，蕭淑蘭根本沒想過爭家產，但自從焦俊去世後，她的心思便開始活絡起來，因為焦礁不若自己的哥哥受寵，而且看樣子也不像對女人感興趣，也就是說焦家的新生代很可能還得靠焦妍來延續，這讓蕭淑蘭有了盼頭。

哪知焦礁去了泰國後，帶回來一個男嬰，情勢因此產生變化，蕭淑蘭不得不重新佈局（焦妍比焦礁受寵，愛屋及烏的效應，她相信自己這一脈能分到更多遺產。換言之，生下一個姓焦的男嬰勢在必行，而且時間上有緊迫性，因為老焦已是古稀之年，未來不知還能撐幾年）。

“不想絕後，我能理解，但為什麼非得是男嬰？”許沐司又問。

為什麼非得是男嬰？還不是因為老焦那無可救藥的重男輕女觀念，但此時此刻沒必要解釋這個。

“如果你家同意連女嬰也姓焦，那再好不過。”蕭淑蘭停頓了一下，“或者你入贅進來也是可以的。”

聽完，許沐司感覺自己的尊嚴被人按在地上摩擦。

“伯母，我也是我們家唯一的孩子，所以入贅貴府完全不可能。至於讓孩子冠上焦姓，這個可以商量，但排除長子，因為長子一定得姓許。”

“我認為你應該跟家裡人討論過後再答覆我。”

“不需要，這是我的意思，也是我家裡人的意思。”

“那就是沒得商量囉？”

“是的。”

不知為什麼，許沐司感覺他的回答正中焦妍母親的下懷，因
為她完全沒有不悅的神情，反而開始談笑風生，讓他很不是
滋味。

離開日本料理店後的當晚，許沐司接到焦妍的來電，由於心
情不好，他隨便應付一下就掛斷，後來也沒再回打，因為對
他來說，這段戀情已經宣告死亡，再繼續下去就是耍流氓，
而這不是他的行事風格。

4

趁著中午休息時間，焦妍打給男友，手機響了好幾聲才被接聽。

"昨天你和我媽談得怎麼樣？"她問。

"還可以。"

"我媽說你們的談話氛圍很好。"

這叫許沐司如何回答？全程幾乎都是女友的媽媽在說話，他只偶爾簡短應幾句（事實上也無話可說）。

"談話氛圍還……還行吧？！"

"你們都談了些什麼？"焦妍繼續問。

"妳沒問妳母親嗎？"

"我想先從你這裡得到答案。"

自從談話過後，許沐司反覆琢磨該如何"體面"地分手，顯然，"實話實說"並不可行，除了讓女友與她母親反目外，解決不了根本問題（依據他對焦妍的了解，她還真有可能做出離家出走的舉動，而這不是他想要的）。

如今面對女友的詢問，許沐司挑了一個"比較安全"的答案作答。

焦妍一聽，大喜，但還是故做嬌羞地說："我媽也真是的，哪有這麼催婚的？何況……何況你還沒求婚呢！"

"我也認為倉促了點兒，這件事還是緩緩再說吧！"

焦妍彷彿被潑了一盆冷水，不過她沒怪罪男友，畢竟他倆才處了一年多，的確太趕了。

當日回到家中，焦妍舊話重提，問母親究竟和男友說了什麼？

"妳沒問妳男友？"她母親反問。

"問了，他說妳催婚，可是我總覺得哪裡怪怪的，一頓飯的時間怎麼可能只談這個？肯定還有別的。"

"的確談了別的。"她的母親答，"妳男友說不介意妳另外談朋友，因為有比較才能做出正確的選擇。"

"胡說！"焦妍怒不可遏，"他不可能這麼答。"

"妳何不問問妳男友？"

焦妍果然回房間打電話，結果很出乎意料。

"為什麼？"她問，聲音是顫抖的。

"為了妳好。"許沐司答，"這是妳的初戀，難免會過度美化。再說，妳母親急於抱孫，這不在我的計劃內，既然三、五年內都不會結婚，我豈能耽誤妳？"

這個回答再度證明許沐司是個暖男，焦妍立即投桃報李，很情真意切地說："除了許沐司，我不做他人想。"

"謝謝，我⋯⋯受寵若驚。"

"你應該也說同樣的話才是。"焦妍提示。

結果許沐司重複女友說過的話——除了許沐司，我不做他人想。

惹來焦妍的一句："討厭！"

若說一場危機就此化解，那也不是，因為打從那時候起，許沐司就變了，似乎把全部的精力都放在工作上，電話也很少接聽，偶爾見上面，還會提醒待會兒他得帶客戶看房，搞得焦妍連看場電影都心神不寧。

另一廂，自從得知許沐司承認了自己的說法（他不介意焦妍另外談朋友），蕭淑蘭像得了尚方寶劍，有恃無恐地放出風聲——優先考慮"同意讓長子冠上焦姓"的相親男。

光憑這條就足以嚇退不少人，還好焦家財大業大，焦妍又年輕貌美，所以還是收到幾份見面請求，只是一時尚未有達標的人選，所以暫時擱置下來（沒錯，除了強人所難的要求外，焦妍的母親還添了最低門檻，好比身高不能比女兒矮，體重不能超過兩百斤、學歷至少是本科等）。這麼一擱置，焦妍還以為母親已經忘了此事，正偷著樂，哪知男友這邊卻出了紕漏⋯⋯

"你不是說她是你的客戶？"焦妍問。

"是我的客戶呀！"

"哪有客戶買完房還約著吃飯？一次不夠，又約了第二次。"

"萍姐是火鍋店的老闆娘，第一次是為了感謝我的幫忙，所以請我吃火鍋，她本人甚至沒到場；第二次則是藉吃火鍋的名義，談再次買房的事，這有問題嗎？"

許沐司對女友的冷是漸進式的，就像溫水煮青蛙一樣，當焦妍察覺到不對勁時，他倆之間已經可以塞進一個第三者，這也是她質問的原因，偏偏許沐司的答覆聽起來毫無破綻，讓焦妍又陷入自我懷疑之中⋯⋯

好巧不巧，此時一通電話打來，竟然又是萍姐，這讓焦妍大
為光火，沒等男友講完電話，她便拂袖而去。豈料這一去，
竟然給了他人鑽空子的機會。

焦妍 5

5

焦妍以為只要自己故作姿態，許沐司還會像以前一樣哄她，那麼她就能順著臺階往下走，哪知幾天過去了，依舊無聲無息，就像這個人忽然憑空消失了一樣，她開始懷疑是不是男友生病了？然而現實還是打了焦妍一巴掌，因為接聽電話的人證實許沐司在公司，還要她稍等一下（當然，在許沐司接聽電話前，焦妍已先一步掛斷）。

現在，焦妍只能從自身找問題，思來想去，最後歸結於自己太過了，誰能忍受一個疑心病很重的人？

顯然，許沐司的不聞不問深深折磨著焦妍（否則她也不會將矛頭指向自己，認為是自己的錯）。雖然痛苦，但一向驕傲的她以為只要笑臉迎人，就不會有人發現她的傷口，然而她母親還是察覺有異，並且趁著家裡只有母女二人時，問起女兒有什麼煩心事？

起初，焦妍並不想掀開自己的傷口，但母親的胡亂猜測讓她很難忍受，加上她對下一步該怎麼走也很彷徨，索性把新近發生的事全交待了。

在蕭淑蘭聽來，"工作忙碌"不過是男人的藉口，想當初老焦不也忙得焦頭爛額，但每天還是勻得出時間與自己約會，逢原配問起，他便以"工作忙碌"搪塞過去，每次都能全身而退，後來之所以東窗事發，還是自己故意捅破的，因為肚子一天天大起來，她總不能一直活在黑暗之中……

"妳說那個女的開火鍋店，我們何不過去瞧瞧她有什麼三頭六臂？"焦妍的母親說。

"媽，妳可別亂來，也許那人真的只是客戶而已。"

"如果只是客戶，不正好滅了妳的胡思亂想？再說，我們母女倆也很久沒有一起吃火鍋了。"

有句話"不入虎穴，焉得虎子"；又有句話"知己知彼，百戰百勝"。無論哪個，在在說明了解敵方的重要性。

焦妍想了想，橫豎目前無計可施，也許了解"假想敵"有助打破僵局，於是點頭同意了。

據說萍姐的火鍋加盟店遍佈全國，光廈門就有好幾家，她們去的是總店（加盟店的樣板店），也是許沐司被目擊與萍姐一起吃火鍋的店鋪。

"你們老闆娘在不在？"趁著服務員來上菜，焦妍的母親問。

"中午還在，"服務員答，"後來接了個電話就出去了。"

"所以今天不會再出現店裡頭，對嗎？"

"不對，火鍋店十點關門，老闆娘再怎麼也會在那之前出現，她總是最後一個走。"

這個答案給了焦家母女一顆定心丸——只要等得夠久，一定能等到伊人。

果然九點剛過，一名披著大波浪捲髮的亮麗女子便走了進來，看那架勢，應該是老闆娘無疑，蕭淑蘭遂向對方招了招手，把焦妍嚇得大氣不敢吭一聲。

“您好，”該女子走上前來，“我是這裡的老闆娘，請問有什麼事嗎？”

“這家火鍋店是我吃過最好的，我就想反饋一下。”

“謝謝！”女子笑眯眯地答，“給客人最好的用餐體驗是我們的目標，很高興您滿意我們的服務。”

憑著數十年的聊天功力，蕭淑蘭很快將話題引到私人身上，很自然地問起是哪個幸運兒能娶到像老闆娘這樣既美麗又能幹的女人？

“能娶到我的確幸運，可惜那個人不懂得珍惜，所以被我給休了，現在我是單身狀態，不過也快脫單了。”

這個回答給蕭淑蘭打了滿滿一針的興奮劑，她開口詢問對方是何方神聖？

“妳可真喜歡聽八卦！”女子笑得花枝亂顫，“其實告訴妳也無妨，我的他是個顏質很高的房地產仲介，雖然目前只是個打工仔，但那是暫時的，因為我有跨界開房地產仲介公司的打算，到時候他就能獨當一面了。”

聽到這個，焦妍的血壓驟然升高，但仍然安慰自己——廈門的房地產仲介很多，未必就是許沐司。

“那麼祝妳和妳男友早日喜結良緣。”蕭淑蘭說，“對了，哪天我若想買房，也找妳男友。”

“太好了！”她翻找自己的包，終於找到一張小卡片遞過去，“這是他的名片，任何有關買賣房地產的事，您都可以找他。”

焦妍伸手把名片搶過來，當看到“許沐司”三個字時，眼前一黑。

“這是妳閨女？”女子看著焦妍問，但話是對蕭淑蘭說。

“是的，已經大二了，剛和談了一年多的男友分手，如果妳有合適的人選，不妨幫她介紹介紹。”

“會的，包在我身上。”

對話就在不失禮貌的情況下結束，可是焦妍的絕望才剛剛開始……

“這是妳閨女？”女子看著焦妍問，但話是對蕭淑蘭說。

“是的，已經大二了，剛和談了一年多的男友分手，如果妳有合適的人選，不妨幫她介紹介紹。”

“會的，包在我身上。”

焦妍 _6

6

焦妍不記得許沐司是從什麼時候開始變了，但她知道自己是從見到火鍋店老闆娘之後開始變了，變得不再相信男人、不再相信愛情，所以當她母親提到有位適合的相親人選時，她想都不想，直接說就他了。

"妳連人都還沒見著呢！"她母親說。

"這有差別嗎？反正妳急於抱孫，只要妳滿意就行。"

雖然這的確是蕭淑蘭的念想，但總歸是自己的親閨女，她總不能將她往火坑裡推，所以堅持見過面後再說。結果一見面就出問題，原來男方有斜白眼，照片上倒沒看出來。

礙於情面，蕭淑蘭並沒有在相親現場表現出不悅，焦妍也是（正確地說，她沒有任何喜怒哀樂的表情）。

相親過後，焦妍的母親對她說："這男孩不行，咱們還是看看別的。"

"哪裡不行？名校畢業，還拿著公家鐵飯碗，我看挺好的。"

其實男方除了有斜白眼這個硬傷外，其他還湊合。

既然女兒不反對，蕭淑蘭便回覆介紹人可以交往看看，哪知兩個年輕人才出去兩回，男方便上門提親，還說這是焦妍的意思，把蕭淑蘭嚇得不輕，忙問女兒是否在賭氣？

"賭什麼氣？"焦妍明知故問。

"因為許沐司背叛了妳，所以妳破碗破摔？"

焦妍抿了抿嘴，回答不是，她就喜歡像莊大漢這樣的老實人。

事已至此，蕭淑蘭便開始和未來的親家商討訂婚事宜（焦妍的父親也曾對婚事的倉促表達過不滿，但當被告知這是他女兒的意思後，便不再吱聲）。

幾日後的某個夜裡，莊大漢打來電話，問焦妍何時試穿訂婚禮服和上金店選六金？她這才開始慌張起來。

"能不能晚點兒？"她說。

"多晚？二十號就是訂婚宴了。"他答。

還不到兩個禮拜就是訂婚宴，的確該試穿禮服和買六金，但焦妍壓根兒就不想和這個沒什麼感情基礎的男人攜手出現在眾親朋好友面前，尤其她打小就是個顏質控，不說莊大漢有斜白眼，體型還偏壯碩，連吉格線都達不到。

"反正再晚一點兒就是，我……我還沒準備好。"焦妍回覆。

"妳是不是還有什麼顧忌？"他停頓了一下，"我也知道自己的條件沒那麼好，但妳放心，我對妳是真心實意的，所以即使妳母親要求把第一個出生的男嬰冠上焦姓，我和我家人也無條件同意了。"

"什麼？"焦妍揚起聲，"你說什麼？再說一遍！"

這個老實人果然又重複一遍，還問她難道是第一次聽說？

針對“急於抱孫”一事，焦妍的母親曾做過解釋——她父親已到了古稀之年，任何意料之外的事都可能發生，如今她二哥已有一子，如果她也能及時生下一兒半女，對她父親而言就無憾了（完全沒提冠姓之事）。

焦妍傻傻地相信了，沒想到卻被自己的母親擺了一道。

“是……不是……哎呀！別問我，我現在有重要的事要辦，今天就到這裡，別再打給我，拜託！”

掛斷電話後，焦妍又急又氣，原來母親對許沐司做了過分的要求，難怪他會冷落自己。

想至此，焦妍一分鐘也不肯耽擱，立即打車至許沐司的租處，打算問他究竟還要折磨彼此多久？

然而到了租房樓底下，不該發生的事還是發生了——焦妍看到許沐司正與萍姐拉拉扯扯。

“許沐司，你在幹嘛？”她厲聲問道。

當看到焦妍的那一剎那，許沐司立即彈開，好與萍姐保持一定的距離。

“原來是小姑娘，”萍姐淡定一笑，“妳怎麼在這裡？”

“我找我男朋友，妳能離開嗎？”

“恐怕不行，司司不想我離開。”萍姐看向許沐司，“對吧？！司司。”

司司？聽到這麼噁心的稱呼，焦妍簡直要當場嘔吐，可恨的是許沐司竟然一語不發，既不承認也不否認。

焦妍按捺住心中怒火，一字一句地對男友說：“今天我才知道母親對你做了過分的要求，別擔心，我會和你一起解決問題，所以……請讓這個女人走，她在這裡讓我很不舒服。”

許沐司看著眼前的兩個女人，一個是他所愛；另一個則是竭盡所能地幫助自己，他該如何反應？

正當他猶豫之際，還好萍姐出手了。

"妳別為難司司，我走。"她轉向許沐司，把車鑰匙塞到他手裡，"車本來就是買給你的，留著，乖！"

萍姐走後，焦妍立刻質問男友："為什麼一個不相干的女人要買車送你？"

"我不知道。"許沐司答。

"你不會不知道，你只是不想回答我。"

焦妍說對了，許沐司清楚地知道萍姐喜歡他，只要他願意，這個女人會為他鋪好未來的路，他可以少奮鬥30年。

"妳要我怎麼回答？"許沐司很是無奈，"人家對我好，我總不能背後說她壞話吧？！"

焦妍想了想，現在首先需要解決的是內憂問題，外患可以緩緩再說。

"沐司，"她將聲音放柔，"如果你不願意第一個男嬰跟我家姓，我完全可以為你與家裡抗爭，你無需躲著我，甚至故意與某個女人交往來氣我。"

本來許沐司對萍姐沒有特別的感覺，但她在自己父親入院時鼎力相助（這不光指金錢上的幫助，還包括勞心勞力），他又怎能視而不見？

"我就是不願妳與家裡人不和，再說，我也不是故意與萍姐交往來氣妳。"他答。

"這麼說，你是喜歡她的，對嗎？"

許沐司看著焦妍慘白的臉，一時竟無言以對。

"原來……原來你真的變了，算我看錯人了。"焦妍往後退了好幾步，"本來我還三心二意，謝謝你的誠實，現在我決定還是和不喜歡的人訂婚。"

聽到心愛的女人就要與別人訂婚，許沐司衝口而出：“不可以！”

焦妍立即飛撲過去，抱著男人說：“我就知道你還愛著我，咱們好好的，像從前一樣，好嗎？”

許沐司點頭答好，誰讓他還深深愛著焦妍……

焦妍－下

7

在焦妍的堅持下，許沐司同意次日下班後就去歸還車鑰匙，
順便將這些日子以來所造成的"誤會"解釋清楚。

"妳呢？妳怎麼跟訂婚對象說？"許沐司問。

"不用擔心，我會處理的。"

焦妍才二十歲初頭，看事情難免稚嫩，在她的想法裡，只要
道個歉，頂多賠償點兒精神損失費即可，哪知到了她父母那
裡，立即掀起狂風巨浪。

"婚姻不是兒戲，哪能說取消就取消？"她父親氣得拍打桌面
，"宴席訂了，請帖也發了，妳讓我的面子往哪裡擺？"

"你消消氣。"她母親順了順男人的胸口，"我來跟焦妍說，
你先回房休息，我保證將事情擺平。"

待年邁的父親回房後，焦妍的母親開始說教，不外婚姻不是
過家家，名聲若搞壞了，以後很難在地方上立足等等。

"這也不能全怪我呀！今天我才知道妳曾要求許沐司將第一個男嬰冠上焦姓，大部分的人家都不會答應的好嗎？也難怪他會知難而退。"

蕭淑蘭有些意外，怎麼一向配合得很好的許沐司會忽然倒戈？

"咳咳！"她故意咳嗽兩聲，好藉此沉住氣，"妳父親就妳一個女兒，要長孫姓焦挺合情合理的呀！說到底是許沐司不夠愛妳，這顯得莊大漢更加可靠，妳不應該錯過那麼好的人。"

"那妳嫁他好了，妳不也單著？"

這句話擊中蕭淑蘭的軟肋（到現在她還是個沒身份的小三），尤其話還是從自己的女兒口中說出，顯得越發殘忍！

"聽著，妳想嫁最好，不想嫁也得嫁，除非對方出現重大過錯，否則這事沒得商量！"

焦妍一聽來氣，腳一跺，回到自己的房間。沒多久，她聽見鎖門的聲音，立即衝了過去。

"媽，"焦妍粗魯地轉動門把，"妳幹嘛？快開門！"

"有本事妳跳窗好了，否則乖乖待在裡面反省，直到訂婚那天。"

焦妍的家位於這棟樓的第九層，往下跳不說粉身碎骨，起碼也頭破血流。

此時此刻，焦妍只能強迫自己冷靜下來，這麼一冷靜，腦海裡浮現出幾個方案：

1、打給許沐司（不行，許沐司正努力和萍姐劃清界限，這時候絕對不能煩他）。

2、上網求助（還是不行，整件事本來就是家醜一樁，這一鬧，豈不是天下皆知？）。

3、說服莊大漢主動退婚（有難度，但也不是不可能）。

顯然，現在只能實施第三方案，但該如何讓莊大漢接受並且主動退婚？焦妍想破頭也想不出辦法，所以決定上網找靈感。

當她打出"如何優雅地退婚"時，頁面上的一條"八字合婚網"吸引了她的目光。她點擊進入，發現這是一個算命網站，只要把男女雙方的名字和出生年月日填入，就能在線測算出兩人是否匹配。

焦妍猶豫了一下，最後還是逃不過好奇心的驅使，將自己和許沐司的名字與出生年月日分別填好，接著點擊按鈕，可是怎麼點擊都沒反應。

"什麼破爛網站？！"焦妍嘀咕著，"這不是擺明捉弄人嗎？"

本來她想就此離開，但又不甘心，所以轉而將自己和莊大漢的名字與出生年月日填好，然後點擊按鈕，結果這次彈出一個對話框，一位名叫劉半仙的留言：**此二人的八字緣份無法一語道盡，需要當面詳談。**

焦妍心想果然騙錢來著，得，我看他怎麼騙？

"到哪裡詳談？"她打字問。

"請到浣紗鎮上的巫覡茶館來。"對方回覆。

焦妍知道浣紗鎮，小學秋季旅行時就曾經去過，不過印象中好像沒有這麼一家茶館。

"巫覡茶館是新開張的嗎？地址在哪裡？"焦妍又問。

"妳若有意詳談，自然會發現。"

這個回答等於沒回答，於是焦妍立馬又打字："你倒是說呀！"

哪知對話框瞬間消失，頁面上顯示的是莊大漢與焦妍的八字相合相生，婚姻大吉，宜嫁娶。

本來焦妍只當這是個詐騙網站，但八字合婚的結果竟然從"需要當面詳談"變成"宜嫁娶"，對象還是莊大漢，這反倒讓她如鯁在喉。

幾分鐘後，她忽然靈光一閃，何不以此為藉口，約莊大漢上浣紗鎮一趟？畢竟人在旅途中會比較放鬆，一旦放鬆下來，什麼都好商量，不是嗎？

焦妍越想越可行，於是一通電話打了過去。

"我們為什麼要跑到那麼遠的地方去合八字？廈門也有呀！"莊大漢答。

"這是朋友介紹的，我信任我的朋友，所以我也信任朋友推薦的這一家。"她停頓了一下，"你記不記得曾問過我還有什麼顧忌？這就是我的顧忌，如果算命師說咱倆的八字很合，那我就沒顧忌了。"

雖然目前的當務之急是試穿訂婚禮服和買六金，但打消"未婚妻"的顧忌也很重要，所以莊大漢沒怎麼考慮就欣然同意了，讓焦妍大鬆一口氣。

浣紗路上的焦妍和
莊大漢……

早上七點，焦妍的母親問她又在玩什麼把戲？

"沒玩把戲，都要訂婚的人，怎麼可以不合八字？"她理所當然地答。

"誰跑那麼遠去合八字？廈門也有呀！"她母親說。

這次焦妍倒沒有把憑空捏造的"朋友"再次請出來，而是說想在訂婚前多了解莊大漢一些，一場短程旅行，不多不少，正好。

"伯母，"莊大漢開口助攻，"反正浣紗鎮說遠也不遠，我們現在坐高鐵出發，快的話，今晚就能回到廈門。"

"可是……"

"媽，妳再拖延，今晚我們恐怕得在外面過夜了。"焦妍語帶威脅地說。

顯然，蕭淑蘭並不希望這樣的事發生，畢竟自己的女兒與"未來女婿"認識的時間不長，"應該"還沒越雷池半步，而她不想戳破那層窗戶紙。

「好，那快去，路上小心點。」

直到真正離開像牢籠一樣的家，焦妍才長舒一口氣，哪知莊大漢此時卻拋來令人無語的話：「我很高興妳想多了解我一些。」

「噢！那個⋯⋯那是因為⋯⋯」

「妳不用解釋，我也想多了解妳一些。」莊大漢驀然抬頭，「今天的天空好藍，像被清水洗過了一樣。」

這是焦妍第一次發現原來莊大漢也有一顆柔軟、敏感且文藝的心。

到浣紗鎮的過程相當順利，只是六月江南免不了煙雨濛濛，還好下出租車時，雨停了。

「餓不餓？要不要先吃點兒東西？」莊大漢問焦妍。

「隨便。」

於是莊大漢隨手攔下一位騎自行車經過的小男孩，問他哪裡有好點兒的飯館？

「石虎橋附近的石虎餐廳便是，你沿著這條河往北走五分鐘就到了。」穿著雨衣的小男孩答。

「謝謝！」莊大漢忽然又想起某事，「等等，你能不能順便告訴我巫覡茶館在哪裡？」

小男孩把雨帽往後一摘（露出了他的小平頭和一對招風耳），然後指向莊大漢身後，答：「那不就是？」

莊大漢和焦妍同時轉頭，果然看到一棟老式建築的門頭招牌上寫著「巫覡茶館」四個大字。

「可是這家茶館不營業。」男孩補上一句。

「為什麼？」焦妍衝口而出。

「不知道，上個月有個女的想進去，也是推不開。」

莊大漢提出質疑，因為門上明明掛著"營業中"的牌子。

於是男孩要他推推看，莊大漢照做，果然推不開。

"瞧！我說的沒錯吧？！"男孩頗為得意，"我認為你們還是先上石虎飯店吧！那裡也能喝茶。"

他倆道謝後，小男孩跨上自行車，頭也不回地騎走了。

"哎！大老遠跑來，茶館卻不營業。"莊大漢頗為惋惜地說。

其實焦妍並不關心茶館開不開門，她的心裡有個小算盤，如果算命師說他倆八字不合，那正好；如果不幸八字很合，那麼她就另外找個適當的時機賣慘，興許莊大漢會心軟，成全她和許沐司（如今茶館不營業，焦妍只能賣慘，她計劃等吃飽喝足後再實施）。

"沒關係，"焦妍說，"既然門沒開，我們上石虎飯店吧！"

話甫歇，一位白髮老人從茶館裡走出來，嘴裡叨唸著："糟糕！不知道還來不來得及？"

老人並沒有隨手將門關上，導致中間的兩扇雕花木門隨風擺動，發出碰碰碰的聲音。

焦妍看向莊大漢，結果後者誤會了，解釋方才他的確"用力"推門了。

"我沒責怪你的意思，"她說，"而是門開了，我們現在該不該進去？"

莊大漢想了想，既然來了，為了不留遺憾，還是先把正事給辦了吧！

焦妍無異義，於是他們一同走向茶館。

進到裡面後，光線一下子暗了下來，等眼睛適應後，首先映入眼簾的是滿屋子的雜亂無章。顯然，這裡不是茶館，但他倆沒有馬上離開，而是這邊看看，那邊瞧瞧。

"妳拿的是什麼？"莊大漢問。

"佛牌。"焦妍把東西遞過去，"二哥曾給過我一模一樣的。"

莊大漢正反兩面都看過後，答："旅遊地區能買到的東西，別人肯定也是唾手可得，會出現在這裡，沒什麼奇怪的。"

焦妍想想也對，於是將佛牌放回原位。此時，方才急匆匆出門的老人又踅回，看見他倆後，說："你們二位是不是剛從外地過來？"

"是的，你是劉半仙嗎？"焦妍問。

"是……才怪！"一答完，老人自顧自地大笑起來。

焦妍和莊大漢面面相覷，正不知該做何反應時，一個奇怪的聲音響起，說的是——討厭！糟老頭。

他倆尋聲望過去，發現是一隻黑色鳥在說話，就站在木梯底下的鳥架上。

"奧奇，你太沒大沒小了。"老人對鳥說，但語氣一點兒也不嚴肅。

黑色鳥聽完，拍拍翅膀從木梯旁的窗口飛出去，空氣中還不斷迴盪著那句話——討厭！糟老頭……討厭！糟老頭……討厭！糟老頭……

"奧奇太沒幽默感了。"老人停頓了一下，"話說回來，我們不能要求一隻八哥有幽默感，是吧？"

莊大漢答是也不對，答不是也不對，正思忖時，焦妍成功讓這種尷尬加劇。

"我還以為鳥架上的鳥是個標本，"她答，"原來是活的，還會說'糟老頭'這麼深澀的句子，實在太神奇了！"

"咳咳、"莊大漢故意咳嗽兩聲，好將注意力拉回，"老先生，是這樣的，我們在找一個叫劉半仙的人，看樣子應該是搞錯了，不好意思，我們告辭了。"

「不一定是搞錯，也許你們到樓上問問。」老人答。

「樓上？樓上有人嗎？」焦妍問。

「肯定有，至少店老闆在。」

焦妍被當頭一棒，他們不是在找茶館嗎？樓上肯定就是了。

「那我們上去了。」她說。

「小心臺階，」老人叮囑著，「踩空就不妙了。」

焦妍和莊大漢當然沒踩空，只是他們以為可以在二樓看到劉半仙，結果卻只見一個店小二打扮的男子在拖地。

「你好，我們……」

焦妍話還沒說完，男子頭抬也不抬地答：「請找個位子坐下。」

眼下只有一張桌子，毫無疑問，他們只能坐那裡。

等了一小會兒，拖地男子拖到了客人所在位置，說：「請抬腿。」

焦妍和莊大漢立即將腿懸空，男子把拖把伸進去，三兩下便算清潔完畢。

「啊！總算拖完了。」男子將拖把豎直，「二位想喝什麼？」

「我們找劉半仙。」焦妍說。

「抱歉，我們沒有劉半仙茶，倒是有八仙雲霧茶，要不來這個？」

焦妍傻眼了，這要如何溝通？

莊大漢見焦妍一語不發，趕緊答：「請給我們兩杯八仙雲霧茶，謝謝！」

男子聽完並沒有馬上離開，而是問客人知不知道八仙雲霧茶產自何處？

當得到否定的答案時，男子像背誦課文一樣地說：“八仙雲霧茶產於陝南平利縣八仙區鬆牙鄉一帶，此地雲霧繚繞，故名。由於茶樹生長環境優異，葉質極佳，湯色呈嫩綠色，喝起來醇爽回甘，難怪有人讚道——霧鎖千樹茶，雲開八仙峰，香飄千里外，味在一杯中。”

焦妍和莊大漢同時露出尷尬又不失禮貌的微笑。

“看樣子你們很想一試，我這就去準備，請稍等。”

待“店小二”走後，莊大漢問焦妍：“妳確定妳朋友說的是這一家？”

“我……我本來確定，但現在也開始懷疑，如果這裡真的沒有劉半仙，回去之後，我馬上與朋友斷交。”

“別這麼衝動，”莊大漢說，“交朋友不容易，何況也不是什麼大不了的事，我們喝完茶就上石虎飯店吃飯，接著逛逛浣紗鎮，不挺有趣的？”

以前沒發覺，現在焦妍感覺莊大漢簡直就是一臺情緒穩定機，即使泰山崩於前，他大概也能面不改色。

“好，聽你的。”

焦妍一答完，一個頭頂著雞窩頭的瘦小女人上到二樓，並且徑直向他們走來。

“不好意思。”女人對莊大漢說。

莊大漢愣了幾秒後才恍然大悟，接著起身與焦妍坐一塊兒，還好椅子是長板凳，坐下兩個人毫無問題。

又等了一會兒，“店小二”終於送茶來，他邊把茶放下邊問：“你們怎麼坐一塊兒了？明明有兩個座位。”

“你沒看到嗎？”焦妍反問。

“看到什麼？”

“來新客人了。”

“店小二”望向另一個座位，最後搖頭走開。

現在同桌三人你看我，我看你，氣氛變得相當詭異。

焦妍拿起茶水連續喝了好幾口，藉以掩飾內心的不安，反觀莊大漢，也是。

“你們二位的喝茶動作完全一致。”她分別撿起兩人喝過的馬蹄杯，“連所剩的茶水也一樣。”

焦妍望向莊大漢，眼神流露出求救信號。

“我們就要訂婚了，”莊大漢回答，“默契好是當然的。”

“你倆的八字雖合，但做朋友還是比做夫妻強。”

焦妍和莊大漢同時靈光乍現，原來此人正是劉半仙，不過莊大漢還是聽出了不對勁，問：“合八字不是首先要知道雙方的生辰年月日嗎？”

焦妍頓時緊張起來，因為她之前已在八字合婚網上上傳過兩人的生日日期，如果明說，這要如何圓謊？

“我已經知道二位的生辰八字，是你們喝過的茶水告訴我的。”女人答。

雖然這個答案“救”了焦妍，但不表示她沒疑問。

“茶水有沒有告訴妳為什麼我們做朋友比做夫妻強？”焦妍問。

“你們一個屬土、一個屬金，原則上可以搭配，”女人又分別察看兩人杯裡的茶水，“但女方缺木，所以如果選擇具有此元素的人會更加幸福。”

這個回答讓焦妍想起了許沐司，想必他正是木屬性。

“咳咳、”莊大漢咳嗽兩聲，“據我所知，八字即使不合也能通過做法使之相合，何況原本就是合的。”

"沒錯，"女人答，"不過也得看緣分，不是每個都能做法。"

"可是……我還是希望妳能試一試，因為……因為我想讓心愛的人幸福。"

這段話讓焦妍為之動容，如果不是認識許沐司在先，她也許也會愛上莊大漢。

"這樣啊！"女人又分別看了茶水，"那麼你到樓下拿一件東西上來，運氣好的話，我可以通過那件東西做法，滿足你的心願。"

"任何一件？"

"任何一件。"

於是莊大漢快速衝到樓下，還未決定取哪個，白髮老人便主動遞上佛牌（正是不久前焦妍曾取下的那一個）。

莊大漢反正沒有特別的選取目標，索性拿上佛牌回到樓上。

接下來女人聚精會神地凝視著佛牌，像要將它看穿了似。

"請問……"

"噓！別打擾我工作。"

於是莊大漢閉上嘴巴。

"牙穀楷燦……泥膩奠書……句菲洛嘉砸……牙穀楷燦……泥膩奠書……句菲洛嘉砸……"女子將雙手置於佛牌上方，同時反覆吟唱著。

過了好一會兒，她才停止這個怪異的舉動，然後以篤定的語氣說："女方的心已經在一個有木屬性的人身上，所以我無法做法。"

莊大漢立即將目光投向焦妍。

"對不起，我也不願是這樣。"她弱弱地答。

"難道我一點兒希望也沒有？"

當得到肯定的答覆時，莊大漢很是痛苦，自問為什麼真心換不來真心？

"別這麼想，"女人對他說，"該你的便是你的，你應當慶幸這事發生在訂婚前，一切還沒有太糟糕。"

雖然莊大漢很好奇為什麼女人懂得他的心思，不過此刻的他並沒有心情追問。

"那就這樣吧！"莊大漢意氣消沉地看向焦妍，"是時候離開，妳母親正等著妳回去。"

焦妍其實有很多話想對莊大漢說，但這些話不宜在有第三者在場的情況下說出，於是問女人該給她多少潤口金？

"妳問店家吧！"答完，女人下樓去。

焦妍只能叫來"店小二"買單，結果這家店竟然不收現金，只收物件。

雖然焦妍和莊大漢都覺得不收錢的茶館很奇怪，但還是配合店家。

"原來你們二位這個月二十號就要訂婚了，"店小二看著遞過來的請帖，"恭喜了。"

莊大漢隨身攜帶請帖讓焦妍很是心疼，但她也無能為力，誰讓她愛的是別人。

"那是一張已經作廢了的請帖，"莊大漢答，"所以無需恭喜。"

"你們一定很難過吧？！"店小二哪壺不開提哪壺地問。

莊大漢看了一眼焦妍，答："沒什麼好難過的，失之東隅，收之桑榆，也許這是最好的安排。"

當他倆走出店外時，原本灰濛濛的天色已變得亮晃晃。

"天空好藍，"焦妍喃喃道，"像被清水洗過了一樣。"

莊大漢立即表示抗議，因為焦妍剽竊了他曾說過的話。

"對不起。"焦妍說。

此話一語雙關，莊大漢算是聽出來了。

"妳運氣好，我原諒妳了。"

語罷，他倆相視而笑，盡在不言中。

第五位客人：
魏茹萍

魏茹萍 _1

I

說起魏茹萍，也算是個苦命人，不僅原生家庭待她不好，第一次婚姻還遇人不淑，還好她天生有股韌勁，靠著做餐飲，硬是殺出一條血路來。現如今，她的火鍋加盟店已遍佈全國，每天的流水能做到七位數，算是地方上小有名氣的富婆，可是每當午夜夢迴時，她也會渴望身邊有個知冷暖的男人，峰哥不早不晚，就在這時候出現，還是以一種頗為奇葩的方式。

"吃飯怎能不給錢呢？"峰哥說，"你這個奧客！"

"關你什麼事？"

"幹！"他甩了筷子，起身走向吃霸王餐的客人，"你再公一遍。"

"關……"

峰哥抓住那人的頭往下一按，桌面上的碗盤立即彈跳開來。

"你公三小？我聽嘸。"

"我付，"那人的臉已被壓得變形，話也說得不清不楚，"我付就是。"

自從改革開放以來，臺灣人陸續到大陸經商和旅遊，廈門由於地利之便，成為投資和觀光的熱土。魏茹萍在廈門開火鍋店，當然少不了會遇到一些臺灣客人，他們大多熱情有禮，不像眼前這位，滿臉橫肉不說，身上還刺龍刺虎，像極了臺港片裡的黑道大哥形象。然而不管怎樣，人家畢竟幫了忙，魏茹萍自然千謝萬謝，還奉上數張火鍋店優惠券表達心意。

"衝三少？免來這桃！"峰哥把優惠券推回去，"以後妳的事就是我的事，我罩妳！"

做生意以和為貴，雖然"黑幫大哥"幫了她的忙，但一碼歸一碼，魏茹萍並不想和這樣的人走得太近，所以只是說了一些不鹹不淡的場面話應付過去，哪知峰哥卻上了心，每次來內地必定光顧火鍋店，一來二去，兩人互生好感，不過吃過婚姻虧的魏茹萍還是留了個心眼，堅持看過離婚證後才同意交往。

"臺灣哪來的離婚證？幹！"峰哥說。

"幹"是粗話，嚴重的程度甚至可以上升到淫穢級別，魏茹萍哪能忍受？但接觸久了之後，她發現臺灣人使用這個字眼未必就是罵人，有時只是口頭禪（可表憤怒、難以置信，甚至連處在興頭上也可使用），所以得由前後句來判斷屬性。拿方才那句舉例，用文雅點的句子來表述便是——臺灣哪來的離婚證？妳這不是找我麻煩嗎？

"臺灣沒離婚證嗎？"她問，"那麼如何知道一個人的婚姻狀態？"

"看身份證啊！如果配偶欄空著，便是單身狀態。"他答。

"那你給我看身份證啊！"

峰哥倒是阿莎力（乾脆、豪爽的意思），立馬出示自己的身份證。

本來魏茹萍還想著此人如此大無畏，肯定配偶欄是空著的，結果看過之後氣得肺都炸了。

"不要醬嘛！"他抱住她，"我和我牽手不去登記離婚是有原因的，因為溫姿因兒還在讀大學，不想影響她的學習。"

"那你什麼時候離婚？"她推開他，"別想讓我當小三！"

峰哥表示這個婚肯定是要離的，但也不好說是什麼時候。

既然如此，魏茹萍要男人滾蛋，等離了婚再來找她。

誰也沒料到，從此這個臺灣男人便消失了，她連他的一件衣服也沒留下。

被人輕乎到這種程度，說不在乎是假的，魏茹萍只能通過忙碌的工作來撫平傷痛，還好幾個月之後，一個替代人選出現了。

"萍姐，這房子做過抵押，而且不止一次，咱們還是別冒險了，我另外再幫妳找合適的房源。"許沐司對她說。

幫魏茹萍找房源的房產仲介不止一個，但她感覺眼前的小夥子最為實誠（這當然與他的高顏質脫不了關係），於是答："那好，我等你。"

兩個禮拜後，許沐司果然幫她在同一小區內找到性價比更高的房子，也順利過了戶，為了表示感謝，魏茹萍邀請他到自己的火鍋店用餐，想吃什麼任點。

原以為許沐司會趁機拉來一大票人胡吃海喝，結果只有他一人赴約（還是在她多次邀請的情況下），而且只花了不到兩百元，這給魏茹萍留下深刻印象。

幾天過後，她再度發出邀請。

"萍姐，您太客氣了，上次讓您請客已經很過意不去，怎麼好意思再讓您破費？"許沐司答。

"上次我臨時有事，讓你一個人孤零零地用餐，這次我排開萬難，所以你一定得給我面子。"見小夥子不吱聲，她接著說，"何況我還想再買一套房，正好聽聽你的意見。"

本來許沐司已經下定決心不再與客戶有私下往來，聽到後面，這已經不是單純的吃飯，而是跟工作有關，於是同意下來。

在包間裡，魏茹萍很是熱情，不僅幫著涮鍋，還教他食用的順序和方法，讓許沐司受益非淺。

吃了約莫六、七分飽後，許沐司開始將話題引到買房上，問萍姐可有中意的小區或新樓盤？

"隨便，你說哪個好，我就買哪個。"

"這……這怎麼可以？"

"怎麼不可以？我信任你呀！"

許沐司雖然幹這一行還不到一年，但形形色色的人也見了不少，像這麼"隨意"的客戶，他還是第一次遇到。

"既然這樣，那我回去就幫您找，絕不辜負您的信任。"

"行行行，"魏茹萍再次將酒斟滿，"你把這杯乾了，就算我們完成了口頭交易。"

許沐司很為難，在萍姐三番五次的勸酒下，他已經有五分醉意，這杯若再下肚，肯定醉！

"萍姐，我……"

"噯噯噯……別掃興哈！你若不喝，就是看不起我。"

許沐司怎敢看不起客戶？於是仰頭一飲而盡，引來萍姐鼓掌叫好。

數分鐘後，酒精開始在許沐司的身體內發揮作用，他只得告辭，哪知一起身便天旋地轉，再有意識時，已是次日清晨。

魏茹萍 -2

2

離異後，這是魏茹萍第一次留男人在家裡過夜（峰哥也沒這待遇），看著月光下那張白皙的臉龐，一雙劍眉又黑又粗，襯得睫毛又密又長，微微張開的嘴唇像兩片桃紅色的花瓣，往下看，除了小巧可愛的喉結，還有隨著呼吸上下起伏的男性胸膛……

已屆不惑之年的魏茹萍立即被撩得七昏八素，不得不到洗手間抹把臉冷靜冷靜。

本來，魏茹萍的理想對象是有一定經濟基礎的臨退休或已退休男士（峰哥若不是已婚，勉強能上名單），但遇到"弟弟型"的許沐司後，她改主意了，誰說有過婚史的中年婦女就得配老男人？錢，她有；姿色，她也有，憑什麼就不能擁有年輕人的愛情？

"司司，"魏茹萍對著鏡子說話，"你等著，我要把所有的愛都給你，讓你一步也離不開我。"

隔天，許沐司從迷迷糊糊中醒來，一張並不年輕的臉衝著他笑，把他嚇得瞬間從床上爬起。

"妳……妳……我……我……"他話都說不利索。

"幹嘛那麼緊張？"魏茹萍瞅了許沐司一眼，"去梳洗一下，免得上班遲到。"

當許沐司從洗手間走出來時，桌上已擺滿了早餐。

"快坐下。"魏茹萍把一杯果汁遞過去，"我也不清楚你喜歡西式的還是中式的，所以都各準備一些，等熟了之後就好了。"

許沐司正想著"熟了之後"是什麼意思時，萍姐把兩盤蛋推到他面前，問："司司，你要流心的還是全熟的？"

"司司？"許沐司睜大眼睛，"您這是在叫我嗎？還有，我為什麼會在這裡？"

"叫你司司怎麼了？你不也叫我萍姐？"她又瞅了他一眼，"昨晚你喝醉了，我只好把你帶回家。"

"那……那……"

"你如果想問我們有沒有上床？答案是沒有，你都已經睡死了，還能怎麼著？"

聽完，許沐司大鬆一口氣，他可不想與老女人有任何瓜葛。

"你心裡是不是想著還好沒和我這個老女人有任何瓜葛？"萍姐像有心電感應似地問。

"哪……哪有？沒有的事，你別胡思亂想。"

萍姐回答沒有就好，然後指著方才的那兩盤，問他到底要流心的還是全熟的？

許沐司把流心的那一盤留下，然後把全熟的那一盤推還給萍姐。

“就知道你喜歡流心的，下次還給你準備一樣的，嗯？”萍姐笑盈盈地說。

“出糗一次已經夠難為情了，我想不會再有下一次。”他火速回答。

在女客戶家裡留宿純屬意外，許沐司怎麼可能讓類似的事情再度發生？

離開萍姐家，許沐司躊躇了一會兒，最後決定還是先回家換件乾淨的衣服再說，結果在樓底下碰見已經一個禮拜未見的女友。

“一大早你上哪兒去了？”焦妍一進屋就問。

許沐司心想聽這口氣，應該還不知道他昨晚一夜未歸，遂答有個客戶想趕在上班前看房，所以……

“那昨天呢？”焦妍又問，“昨天你一整天都不接聽我電話。”

對於這樣的拷問，許沐司感到心累，所以三言兩語打發過去，哪知焦妍到校後，立刻有好事者繪影繪聲地說看到她男友和一個女的走進火鍋店的包間內……

“這我知道，”焦妍坦蕩蕩地解釋，“上禮拜他客戶請他吃火鍋。”

“不是上禮拜，是昨晚。”

這下子炸開鍋了！

為了此事，焦妍一天之內回男友的住處兩次，後面的事就不贅述了，反正兩人目前進入冷戰狀態，誰也沒有求和的徵兆。

幾天過後，許沐司帶看房，萍姐大略看了一下，問：“屋主為什麼要賣房？”

“大概心情不好吧？！”許沐司喃喃道。

“心情不好？”

看萍姐露出迷惑的表情，許沐司意識到自己可能說錯話了，趕忙要她重複方才的問題。

"算了，我看你有心事，今天就到此為止吧！現在我們一起去兜兜風，你有汽車駕照嗎？"

"駕照我有，但兜風就免了，我還得趕回公司呢！"

"公司又不是你家開的，幹嘛動不動就回去？"她換了語氣，"如果你怕老闆問起，就說幫客戶答疑解惑去了，我不會穿幫的。"

許沐司還是搖頭拒絕，但萍姐根本不依他，強拉他坐進自己的路虎車裡……

魏茹萍 _3

3

世界上公認最耐撞的車子為沃爾沃，焦妍便有一輛，但她本人很少開，許沐司曾問為什麼？她答車子是父母買的（想來是從安全的角度考慮），但造型不是她喜歡的，如果由她來選，她更鍾意藍綠色Mini。

"可是Mini車很小呀！"他說。

"那你就落伍了，Mini也有四人座的敞篷車，一點兒也不小。"

如今聽萍姐問起他喜歡什麼車？許沐司想都不想，直接把焦妍的答案當作自己的答案。

"Mini呀！"魏茹萍想了想，"我記得機場附近有一家4S店。"

那又怎樣？許沐司一點兒也不關心，因為他的收入註定買不起（想當年，許家也曾擁有不少名車，但自從他父親破產後，這些已不復存在，現在的許沐司大多以公共交通工具代步）。

十幾分鐘後，許沐司發現窗外的景象有異，遂問萍姐是不是開錯路了？

"告訴過你，機場附近有一家Mini 4S店。"她答。

"您要去那兒？為什麼？"

萍姐笑而不語，直到兩人進店後，許沐司才發現萍姐來真的。

"妳已經有一輛那麼好的車子，還買？"他驚訝地問道。

"好車不嫌多嘛！"她答。

說的也是，對於有錢人來說，買車就像買白菜一樣容易，可是當萍姐問銷售有沒有藍綠色的四人座敞篷車時，許沐司還是忍不住提醒她——買自己喜歡的，他的意見只供參考。

萍姐依然笑而不語。

"您好，"銷售查詢過後說，"四人座的敞篷車有現車，可是顏色只有藍灰色的。"

"不，我就要藍綠色的。"萍姐答。

"那只能等囉！快的話，一、兩個禮拜；慢的話，一、兩個月。"

"沒問題。"

簽完售車合同，天色已晚，萍姐問許沐司想吃什麼？

"我昨晚的剩菜還有。"他答。

"跟著萍姐，吃什麼剩菜？"魏茹萍睨了他一眼，"走！請你吃好吃的。"

許沐司以為又回她的店裡吃火鍋，結果去的卻是一家阿拉伯餐廳，有五彩的桌毯、金燦燦的器具、精緻的小擺件和極具異域風情的壁畫，彷彿置身一座金碧輝煌的阿拉伯皇宮，連服務員也是濃眉大眼的阿拉伯小哥，中文說得很費勁。

魏茹萍邊看菜單邊想著待會兒只能用肢體語言溝通了，結果下一秒許沐司便與服務員攀談起來，接著轉述這家的招牌是羊肉和餅，酸奶也不錯。

“你點就是，我都可以。”她答，“噢！對了，來瓶酒。”

許沐司愣了一下，小聲地說：“這是阿拉伯餐廳，阿拉伯國家禁止喝酒。”

“是嗎？”萍姐睜大眼睛，“什麼時候的事？”

“很……很久以前就有這個規定。”

“那口渴怎麼辦？”

許沐司答有咖啡、茶、果汁和不含酒精的啤酒可選。

魏茹萍心想不含酒精的啤酒還能稱為酒嗎？她才不喝這種似是而非的冒牌貨，所以叫了杯茶。

待服務員走後，魏茹萍像澄清什麼似地解釋這是朋友推薦的餐廳，她也是第一次光臨，早知道就不進來了。

“為什麼？”許沐司問。

“沒酒。”

許沐司也留意到萍姐很喜歡喝酒，而且酒量很好。

“司司，”魏茹萍接著問，“你剛跟服務員說的可是阿拉伯話？你怎麼會？”

許沐司還是不習慣被人叫“司司”，但沒辦法，總不能得罪客戶吧？！

“我大學學的是阿拉伯語專業，可惜四年下來依舊說得不好，那是因為在校期間不怎麼用心學習的緣故。”他答。

“你太謙虛了，明明說得很好，哪像我，高中都沒畢業，連阿拉伯國家禁止喝酒也是今天才知道。”

“但您的事業做得如此成功，這不是一般人能達到的高度。”

"所以你不介意我的學歷低？"

"我為什麼要介意？"

許沐司不知道他的回答讓事情的發展更加不可控，因為年齡和學歷向來是魏茹萍的硬傷，如今學歷的因素已經被排除，現在就只剩年齡了，她相信只要勤做保養，這個差距會日益縮小。換言之，目前已經沒有什麼可以阻擋他倆談戀愛了。

"嗯嗯嗯......"手機忽然發出震動的聲音。

許沐司拿起接聽，原來有個賣家忽然加價二十萬元，這可把他急壞了，本來意向買家就挺三心二意的，如此一來，更加難辦。

掛斷電話後，許沐司表情凝重。

"別灰心，"魏茹萍把奶酪餅切下一塊放進他的盤子裡，"做生意本來就有很多變數，所以該吃吃該喝喝，把煩惱留給明天吧！"

"可是這個月我一個單子也沒談下，眼看就快月底了。"

"誰說的？你今天帶我看的，我買下了。"

"真......真的？"許沐司很是訝異，"那太好了！我回去就聯繫房東，爭取明天簽約。"

其實魏茹萍對今天的房源沒那麼滿意，尤其價錢還得磨一磨，但見心愛的人已經愁眉一整天，她不希望他懷著沉重的心情回家，所以連砍價這一步也省了，還好換來許沐司的笑臉，讓她覺得花出去的錢是值得的。

離開餐廳後，魏茹萍問許沐司："你女朋友會不會在意你和我出去吃飯？"

"她不知道我今晚在外面吃飯，事實上，我們已經好幾天不聯繫了。"

"為什麼？"

為什麼？遠因是許沐司自覺放手才是祝福，近因則是焦妍誤會他和萍姐有不正常的關係，但說這些又有何用？

"沒什麼。"他答，"不好意思，我還有事，您先走吧！我坐公交車回去就是。"

"跟著萍姐，坐什麼公交車？"萍姐睨了他一眼，同時把車鑰匙遞過去，"這次換你開。"

魏茹萍_4

4

誰能想到買完車（還沒來得及提車），魏茹萍便與情敵正面交鋒。

"這家火鍋店是我吃過最好的，我就想反饋一下。"

"謝謝！"故作鎮定的魏茹萍笑眯眯地答，"給客人最好的用餐體驗是我們的目標，很高興您滿意我們的服務。"

魏茹萍想過與許沐司女友談判的場景，唯獨沒想到小姑娘竟然會帶著母親一同出現（許沐司醉酒那夜，她曾偷偷翻看他的手機相册，由此記住他女友的長相）。

"老闆娘這麼美麗又能幹，"小姑娘的母親繼續說，"想必妳老公上輩子燒好香才能娶到妳。"

既然是打探軍情來著，魏茹萍便藉機反將一軍，同時把許沐司給的名片遞過去，當看到小姑娘慘白的臉色時，她有小勝一局的快活。

如果以此來判斷，魏茹萍無疑是毒蠍女人，但其實不然，她是外強中乾型（外表很強大，實際很脆弱），若不是看中許沐司，她也會希望小姑娘與愛人有個美滿的結局。

送走情敵母女後，魏茹萍一直等到最後一位客人結賬，且店內都打掃乾淨才離去。這麼一折騰，回到家已近午夜，當看到一室冷清時，魏茹萍感到悲哀，她如此勞勞碌碌，圖的不過是一家子的和樂溫馨，可是現實生活中的她卻是孑然一身，那麼再多的錢財又有何用？

本來魏茹萍對今日的使壞還懷有歉意，這麼一感慨，很多事情都被她合理化了，譬如小姑娘還年輕，看起來家庭條件也不差，未來不難找到更好的人選，可是她不一樣，平常就少有交友的機會，加上年紀有一些，還有個結婚記錄，放在婚姻市場裡，妥妥的弱勢群體，如果不使點兒小手段，連湯都喝不著。換言之，她的作法並沒有那麼罪無可赦，甚至說得上情非得已。

幾天過後，許沐司的父親入院，讓她更加堅信這是老天爺刻意的安排（人又豈能違背天意？），於是狠狠抓住這次機會。

"萍姐，這幾天讓妳忙上忙下，我很過意不去。"許沐司說。

"哪裡，我恰好認識人，也就幫了點兒小忙而已。"

"這絕對不是小忙，連趙醫生這樣的專家，您都有辦法請到，我……我實在不知如何答謝。"

"答謝就免了，等你父親好點兒時，陪我去一趟馬爾代夫吧！我一直想到那兒看看。"她說。

許沐司正愁無以回報，既然萍姐開口了，再怎麼也得滿足，於是豪爽地答應下來，就等父親轉入普通病房時實施。

本來許沐司的想法是包下此次旅行的所有花銷，但上網一查才發現機票和酒店都不便宜，正煩惱時，萍姐給他打來電話，表示自己已搞定機票和酒店。

"萍姐，您已經代墊了我父親的手術費、醫藥費和住院費，我怎能再讓您破費？"他急忙說。

"旅行是我提出的，你能陪我去，我已經很開心。再說，也沒幾個錢，咱們就別為了這件小事糾纏不清。"

然而許沐司還是覺得不妥，魏茹萍只好提出由他支付在馬爾代夫的所有餐費，許沐司這才接受下來。

到了馬爾代夫後，許沐司發現自己就是個廢人，因為從機場出來，再到乘船，最後搭水上飛機抵達酒店，全程都是萍姐在應付，連服務員的小費也沒落下，讓許沐司嘖嘖稱奇（別看魏茹萍高中都沒畢業，但憑著洋涇浜英語和肢體動作，竟然一路暢通無阻）。

"啊！"魏茹萍呈大字型躺在床上，"終於可以好好休息幾天了。"

自從得知萍姐只訂一間房後，許沐司便芒刺在背，如今一看，還是個大床房，這豈不意味著兩人得同床共枕？

"司司，"魏茹萍向他招手，"飛了十幾個小時，你也累了，快過來躺躺。"

"不……不用了，我不累。"答完，許沐司打開自己的背包，佯裝找東西。

"你找什麼？"

"沒什麼，"他停止動作，同時放下背包，"我以為自己帶了小餅乾。"

魏茹萍問他是不是肚子餓了？許沐司回答是的。

"出來玩怎能餓肚子？走！萍姐帶你出去找吃的。"

說是找吃的，其實根本不用找，因為整座島嶼就是一家酒店，吃喝玩樂全在裡面且不用額外付費，因為已經計算在高昂的房費內（此時的許沐司才意識到萍姐的用心良苦——說好的餐費由他支付不過是个幌子）。

老實說，在吃完三頓飛機餐後，許沐司一點兒也不餓，他之
所以答肚餓，完全是想避開男女共處一室的尷尬，然而再怎
麼胡吃海喝，也有塞不下的時候，他倆只能又回到房間，還
好萍姐喝了酒，加上舟車勞累，躺下後便呼呼大睡，獨留許
沐司一個人面對大海沉思……

魏茹萍 5

5

雖然一人睡床，另一人睡沙發，但度假中的魏茹萍仍然是幸福的（每天看著大海，吃飽了睡，睡飽了吃，身邊還有個她愛慕的人相伴，她不能要求更多）。

"司司，"魏茹萍把塗上草莓果醬的吐司遞過去，"你說別人怎麼看我們？"

"別人？"許沐司左右張望，早餐室裡多半是一對對的情侶，"應該以為我們是姐弟關係吧？！"

"你也這麼認為嗎？"

這讓許沐司如何回答？如果能選擇，他根本不願與眼前的女人同遊，即使她的確很照顧自己，也幫了不少忙。

"當然不是，真要說，妳算是我的恩人。"許沐司答。

魏茹萍立刻阻止這種想法，因為她為他做的每件事都是心甘情願且不求回報。

說是不求回報，但許沐司不是木頭人，他知道受人點滴，就該湧泉相報，問題是他要錢沒錢（而萍姐想要的也不是錢），能給的無非是情緒價值，所以當回房後的萍姐又開始訴苦時，他很樂意當一名傾聽者，同時貼心地遞上紙巾。

"你真好！"魏茹萍拿起紙巾輕按眼角，"如果有個人每天都能與我促膝長談，甚至……甚至相擁而眠，那該有多好？"

"我相信有一天妳會找到這樣的人。"

"何必找？我看你就挺合適的。"

許沐司以為萍姐會更含蓄些，沒想到這麼直接，不行，他得打消她這個可怕的念頭。

"別開玩笑了，我父母那關首先就通不過。"他答。

許沐司把父母拿來當擋箭牌，無非是緩兵之計（總比直接拒絕人要好），沒想到聽在魏茹萍耳裡卻是指點迷津——只要搞定老人家，勝利就在望了。

假期結束後，這兩人重新投入工作，不同的是，魏茹萍做的是兩份工，除了火鍋店的事要忙，她還抽空到醫院探望已轉入普通病房的許父，每次總是大包小包的，加上嘴巴又甜，很快便與老人打成一片。

"魏小姐，妳今年貴庚？"某天許母忽然問起。

"我是八零後的。"她答。

"那就是四十多了，可是妳看起來才三十多。"

"謝謝！很多人都這麼說。"

"咳咳！"許母咳嗽兩聲，"我的表弟今年剛過55，目前單身。"

許父緊接著強調："他單身是因為死了老婆，不是夫妻不和鬧離婚。還有，表弟這個人不喝酒、不抽菸，退休金也高，介紹給妳可好？"

魏茹萍愣住了，這不是她想要的。

"這不好吧？！年紀上差得有點多。"她答。

"說的也是。"許母看了自己的丈夫一眼，"如果哪天沐司說要跟一個四十多歲的女人結婚，我們也會持反對態度，畢竟年紀擺在那裡，再怎麼保養也沒用。"

久經商場歷練的魏茹萍以為自己對人性的拿捏已經很到位，沒想到卻栽在一對她自認為很好操控的老夫妻手裡。

在許沐司父母那裡受挫後，魏茹萍馬上更改作戰方略，轉而將全部的精力都擺在許沐司身上，心想只要他同意，等生米煮成熟飯，兩老再怎麼反對也沒用。

然而魏茹萍的激進卻讓許沐司痛苦不堪和左右為難（禮物他可以拒收，但上門的生意如何說不？）。

"司司，我剛給你發的是葉總的微信號，你快加他，他想在市中心買套房。"

"……好，謝謝！"

"對了，衣服還合身嗎？"

昨晚有人送來兩套西服，說是Hello Kitty女士送的，許沐司直覺就是萍姐，果然……

"我沒試，正想退還給Hello Kitty女士。"他答。

魏茹萍在電話那頭呵呵呵地笑，還說不試不給退貨。

原以為許沐司不過開了個玩笑，哪曉得下午魏茹萍便接到火鍋店小妹打來的電話，原來貨退到她的店裡去了。

顯然，送禮物這招不行，但魏茹萍想的卻是禮物沒選對，恰巧這時候4S店通知她去取車，這給了她再次獻殷勤的機會。

"萍姐，這禮物太貴重了，我不能收。"許沐司站在租處樓底下說。

"有什麼貴重的？我有的，你以後也會有，只要……只要你一心一意向著我。"她答。

許沐司最不想做的便是一心一意向著她，所以兩人展開"妳給我推"的動作，就在這時候……

"許沐司，你在幹嘛？"

當看到焦妍的那一剎那，許沐司立即彈開，好與萍姐保持一定的距離。

"原來是小姑娘，"魏茹萍淡定一笑，"妳怎麼在這裡？"

"我找我男朋友，妳能離開嗎？"

"恐怕不行，司司不想我離開。"她看向許沐司，"對吧？！司司。"

此時的許沐司保持沉默，讓魏茹萍頗為心寒，哪知小姑娘轉對男人說："今天我才知道母親對你做了過分的要求，別擔心，我會和你一起解決問題，所以……請讓這個女人走，她在這裡讓我很不舒服。"

看許沐司很為難的樣子，魏茹萍決定以大局為重。

"妳別為難司司，我走。"她轉向許沐司，把車鑰匙塞到他手裡，"車本來就是買給你的，留著，乖！"

別看魏茹萍走得瀟灑，回家後，她哭得一把鼻涕一把淚，哀嘆為何真心以待換來的是冷漠以對？

就在這時候，對講機發出聲響，魏茹萍直覺是許沐司謝罪來了，所以趕緊飛奔過去，結果在屏幕裡看到已經消失大半年的人。

"先生，我認識你嗎？"她沒好氣地問。

"妳不是最愛吃燒仙草？我特地到八婆婆的店裡給妳買來。"

"誰讓你買了？趕緊走！"

"幹！跑那麼一大段路容易嗎？現在讓我走，妳白痴喔！"

如果不是知道峰哥有說口頭禪的習慣，魏茹萍早火冒三丈。

"對，我是白痴，你滿意了吧？快走！"

魏茹萍以為趕走了冤家，結果十幾分鐘後，敲門聲響起，依據她對這個人的了解，不開門是不行的。

"我要跟門口的保安投訴，沒有我的允許，怎麼可以放閒雜人等進來。"她說。

"趕緊去投訴！"峰哥徑自進屋，"快來吃，還熱著呢！"

魏茹萍無奈地關上門，同時催促峰哥有話快說，她累了。

"我說完，妳就不累了。"峰哥把身份證遞過去，"我離婚了。"

魏茹萍定眼一看，配偶欄果然空著。

"這張該不會是買來的吧？！"她問。

"幹！"峰哥氣得踢了沙發一腳，"我要是做假，出門給車撞死！"

依據魏茹萍對峰哥的認識，此人的脾氣不好，但有一說一，如果想造假，半年多前就可以這麼做，無需等到今日。

"你怎麼不想想，不聲不響地消失大半年，也許我已經有了相好的人。"她不無幽怨地說道。

"如果真是醬紫，妳就不會在大半夜把眼睛給哭腫了。"

峰哥不說則已，一說，魏茹萍的委屈立即排山倒海而來。

"別哭，"峰哥將她擁入懷中，"我是最愛妳的。"

"騙人！你就知道欺負我，看我好欺負是嗎？"

她氣得捶打眼前人，但打著打著，忽然沒了力氣，當她也擁抱這個她該憎恨的人時，天地瞬間靜止了，此時無聲勝有聲……

魏茹萍 _6

6

峰哥身份證上的名字叫于峰，有個女兒叫于小娥，正在國內讀大三……

"我跟妳講轟，這次來，我沒去找溫姿囡兒，而是先來找妳，因為不知道該怎麼告訴她——爸爸和媽媽已經離婚了。"峰哥說。

"你就實話實說唄！她都二十多了，應該承受得起。"魏茹萍答。

"如果能這樣就好了。"

魏茹萍其實還沒做好當別人後媽的心理準備，她甚至以為這輩子再也見不到峰哥，哪知此人說風就是雨，不打一聲招呼就出現，從進門到現在，魏茹萍彷彿做夢似的。

"我能問你一個問題嗎？"她忽然問。

"問呀！"

"你離婚是為了我嗎？"

"幹！不為了妳為誰？搞得我淨身出戶！"

"真的？"

峰哥翻身壓在她身上，問："如果是真的，妳還願意嫁我嗎？"

"這是……求婚？"

"算是吧？！要不……再來點兒儀式？"

"什麼儀式？"

峰哥嘿嘿嘿地笑，魏茹萍感覺自己上大當了，但仍不可自拔地陷入慾望的深淵……

浣紗路上的魏茹萍……

峰哥說想趁著北上見女兒之前與魏茹萍到浣紗鎮一遊。

"為什麼？"她問。

"聽說浣紗鎮有個年代久遠的錢家染坊，七夕節過後就要暫停營業，我想趁關門前看看，免得遺憾。"

魏茹萍沒聽過有這麼一家染坊，但不介意與峰哥走一趟，因為兩人已經到了談婚論嫁的階段，藉旅遊再多了解一下彼此也好，於是當下拍板定案。

從廈門開車到浣紗鎮需要八個多小時，他們一路開開停停，途中講了不少話，魏茹萍也因此得知峰哥對女兒的交往對象不甚滿意。

"有什麼不滿意的？他是殺人還是放火了？"她問。

"這倒沒有，而是這孩子的父母吃公家飯，而我又有黑道背景，與其等人拒絕，不如自己先拒絕人。"

雖然魏茹萍也曾懷疑峰哥遊走在法律邊緣，但一旦被證實，她多少還是有些不自在。

"你何不藉機改邪歸正？"她說。

"幹！"他拍打方向盤，"我是正的好嗎？只是手段不被認可而已。"

"那麼何不把手段合法化？省得我提心吊膽。"

"妳怕？"

"怕，當然怕，誰會不怕？"

"那還是趁早分了吧！"

魏茹萍難以置信，昨晚還把她當寶貝的人，今天會翻臉不認人。

"好呀！"她說，"分就分，请把昨晚的夜度費付了，我不讓人白嫖！"

"多少？"

"十億。"

峰哥笑得好大聲，直呼魏茹萍比他的前妻還狠，看來現在不能分，只能等到籌到錢再分……

話說得三分認真七分開玩笑，搞得魏茹萍一頭霧水，問他究竟是分還是不分？

"反正妳也不能在高速公路上下車，再說，現在調頭也很麻煩，所以還是等參觀完錢家染坊再說吧！"

等他們從錢家染坊出來，沿河往北走時，一通電話打來，峰哥嗯嗯嗯地應著，樣子頗為神祕，魏茹萍遂有了不好的預感。

過了一會兒，峰哥收起電話，表示自己有急事，得回臺灣一趟。

"現在？"她很是驚訝，"那你回去還出得來嗎？"

"說什麼瘋話？"峰哥明顯不悅，"我回去是為了解決工作上的事，等解決完就回來找妳，沒什麼好擔心的。"

這叫魏茹萍如何不擔心？哪天他若被逮著吃牢飯，她豈不是守活寡，這婚還能結嗎？

離別前，峰哥好心地把車鑰匙留給魏茹萍，自己叫車走了（不知為何，他堅拒兩人一同離開）。

雙人旅行忽然變成單人，魏茹萍很是失落，默默望著眼前的浣紗河發愣。

"好奇怪！既然唔營業，掛乜營業中嘅牌子？"

"系嘅。"

魏茹萍轉過頭去，發現是兩個香港人（為什麼篤定是香港人？因為香港人的粵語有很重的懶音，也就是前後鼻音不分，不像廣州本地人說的那樣字正腔圓）。

"唔該，你哋講嘅系邊家店?" 魏茹萍用生硬的粵語問。

背著雙肩包，腳踩運動鞋的短髮女生遂指向身後不遠處的古式建築，答："就係嗰家茶館。"

照兩個香港人的說法，該茶館掛著營業中的牌子卻不營業，這倒新鮮！

道謝完畢，魏茹萍心想橫豎自己沒事，何不過去探探究竟？於是往茶館走去……

"凡以神仕者，掌三辰之法，以猶鬼神示之居，在女日巫，在男日見。"魏茹萍唸完，將目光投向門頭招牌上的四個大字，"巫……覡茶館。"

原來這個字唸二聲Hsi，魏茹萍吐了吐舌頭，還好上面標註了，否則她還真以為唸成"見"。

此時的魏茹萍忽然想起什麼，迅速將眼光投向茶館的雕花木門，上面果然掛著"營業中"的牌子。

鑑於火鍋店老闆娘的身份，魏茹萍清楚地知道商家絕不會放棄任何開門營業的機會，旅遊區尤甚，因為租金昂貴之故。

為了核實香港女生所言是否屬實，魏茹萍走過去推門，結果一推就開，反倒嚇了她一跳，更無語的是此時屋內傳來"歡迎光臨"的招呼聲。

這下子尷尬了，魏茹萍只能硬著頭皮走進去。

等她適應了屋內昏暗的光線，終於可以分辨裡面的擺件時，不免又有"走錯店"的疑慮。

"歡迎光臨！"聲音再度傳來。

魏茹萍尋聲望去，發現有一隻黑色鳥就站在木梯下的鳥架上，不仔細看的話，還以為是個標本。

"喂！有人嗎？"魏茹萍問。

這句話顯然不是問鳥，但鳥卻回答"這裡沒人"。

"誰說沒人？"一個白髮老人從水缸裡冒出頭來，"妳想買什麼？"

魏茹萍怎麼也想不到水缸裡竟然藏著人，一時張口結舌。

"妳如果還沒做好決定就再看看，我先把缸底的青苔清乾淨。"老人又說。

"請問……"魏茹萍清了清喉嚨，"這是茶館嗎？"

"妳說呢？"

"我說不是。"

"這就對了！"老人樂呵呵地笑，"茶館在樓上。"

老人若不說，沈文倩不會注意到盡頭處的木梯通向茶館。

"我能上樓喝杯茶嗎？"她問。

"當然可以。"老人答，"茶館就是賣茶的，不過上樓前，妳確定不買點兒什麼？"

這提醒魏茹萍也許可以買點兒什麼，於是留意起店內的商品（說是商品，其實更像是二手廢品）。

"這是什麼？"她問。

老人聞聲又從水缸裡冒出頭來，在看清楚她手裡的東西後，答："那是令牌，可以鎮邪趕鬼。"

不一會兒，魏茹萍又拿起一個子彈形的玻璃瓶問，於是老人"又又"從水缸裡冒出頭來，答："那是巫婆瓶，把它放置在屋內的特定角落，可以作為抵抗巫術的護身符。"

"那這個呢？"

"咒語蠟燭，唸咒語時點燃，可以增強功力。"

"這個？"

"曬乾的洋地黃貳葉，具有強心作用。"

"這？"

"女巫鈴鐺，可以驅魔。"

⋯⋯

由於魏茹萍的好奇心實在太重，老人索性從水缸裡爬出，專心回答問題。

約莫十幾分鐘的問答後，老人問她還有其他的問題要問嗎？

魏茹萍本來想答沒有了，不巧看見方才喊著"歡迎光臨"的鳥兒，嘴裡咬著一張紅色卡片。

"黑鳥咬著的是什麼？"她問。

"妳何不親自問它？它叫奧奇，是隻八哥。"

於是魏茹萍走了過去，哪知鳥卻不留情面，拍拍翅膀從木梯旁的窗口飛出去。

"看來奧奇並不想回答妳的問題。"老人說。

"反正我也不是很想知道。"魏茹萍賭氣地答，接著抬頭望向木梯的盡頭，"我看我上去喝茶好了。"

"也好，小心臺階，"老人叮囑著，"踩空就不妙了。"

沒想到魏茹萍還真的差點兒踩空，因為二樓的景象太出乎意料，害她走神了。

"您好，請坐下來喝茶。"一位身著素衣禪服的優雅女人坐在板桌前說，手裡也沒閒著。

魏茹萍左右張望，確定二樓沒有第三人，遂問："妳在問我嗎？"

"是的。"女人答。

魏茹萍正好口渴，於是在板凳上坐下，同時問女人泡的是什麼茶？

"工夫茶，清代大詩人袁枚曾寫下：'杯小如胡桃，壺小如香橼。每斟無一兩，上口不忍遽咽。'，說的正是工夫茶。"

老實說，除了杜甫和李白這兩位名人，魏茹萍記不起其他詩人，更別提那些莫名其妙的詩句。

"好，很好。"她答。

"好什麼？"女人問。

"喝個茶還能寫出詩來，這不挺好的？"

話甫歇，一股低氣壓襲來，兩個女人同時都感受到了。

"妳手裡拿的是不是紫砂壺？"魏茹萍轉了話題問。

"是的，這壺我養了好多年，所以泡出來的茶水會很潤、很順滑。"

魏茹萍之所以知道女人拿的是紫砂壺，乃因峰哥也有一個（還是花大價錢跟宜興的老師傅買的），不過直至今日她才知道紫砂壺還得"養"。

"怎麼養？"她問。

因為這個問題，女人花了足足三分鐘來回答，等她講完，茶也泡好了。

"我今天泡的是岩茶，用的是武夷山的礦泉水。"女人介紹。

魏茹萍端起宛如辦家家用的小杯子，正要喝下時，被女人阻止了。

"妳得先聞茶的香氣，"女人說，"品茶時也別一口喝光，而是只呷一小口，讓茶味在口中慢慢展開。"

魏茹萍照做，還問動作做對了沒？

"妳的動作還算可以，多練幾次會更好。"女人端起被喝過的工夫杯察看，"很好，留下的份量正好看清楚。"

"看清楚什麼？"

"看清楚那個男生的長相，他剛帶人看過房子，應該是個仲介吧？！"

"妳……妳說什麼？"

女人忽視她的提問，繼續說："我還看到有個臂膀上有刺青的男人正排隊等待值機，看樣子他即將有遠行。"

"也沒多遠啦！"魏茹萍忽然靈光一閃，"妳是不是想唬人？給我看！"

她把茶杯搶了去，可是除了橙紅色的茶湯，什麼也看不到。

"妳可真會唬人！"魏茹萍下結論。

"我沒唬妳，我還看到那個長相清秀的男生後來跟一個年輕女孩走了。"

年輕女孩？說的可是許沐司的……女友？

"他們去了哪裡？"魏茹萍問。

女人望著她，一語不發，魏茹萍這才想起來，趕忙把茶杯遞回去。

"他們去了金店，"女人直盯著茶水，"分別看了金戒指、金項鍊和金耳環。"

看樣子許沐司和焦妍的好事近了，否則也不會買三金。想至此，魏茹萍的心裡空落落的。

"妳也無需難過，這個男生從來就沒愛過妳。"女人說。

"妳就非得說些打擊我的話不可嗎？"魏茹萍問。

"我這是點醒妳——可別錯過了身邊愛妳的人。"

"妳指峰哥？"

女人沒回答，接著將杯子依順時針方向轉動，眉頭越皺越深。

"怎麼了？是不是看到不好的事情？"

"我看到那個愛妳的男人，心裡還裝著另一個女人。"

"幹！"魏茹萍氣得拍打桌面，"我就知道他還愛著他的前妻！"

此時一個黑影飛了進來，嚇了魏茹萍一跳。她定眼一看，原來是不久前見過的黑色鳥，此鳥在室內盤旋了幾個來回後，嘴裡叼著的紅色卡片忽然掉落至桌面。

"謝謝你，奧奇。"女人對鳥兒說。

"不客氣，羅曼。"鳥兒對女人說。

接下來女人聚精會神地凝視著卡片，像要將它看穿了似。

"請問……"

"噓！別打擾我工作。"

於是魏茹萍保持沉默。

"留歐奠瓦……及絲蝦饒……楷鮮藕之杜……留歐奠瓦……及絲蝦饒……楷鮮藕之杜……"女人將雙手置於卡片上方，同時反覆吟唱著。

過了好一會兒，她才停止這個怪異的舉動，然後以篤定的語氣說："這個男人對妳是真愛，對另外一個女人也是真愛。"

"如果是真愛，總有個輕重，那麼他愛誰多一些？或者我這麼問，倘若他只能救一個人，他會選擇救誰？"

"我猜大部分的父親都會先救女兒。"

"妳的意思是另外一個女人指的是他女兒？"

"可不正是？"

魏茹萍大鬆一口氣，如果是他女兒，那還情有可原。

"不過……"女人開了頭，卻又忽然住口。

"不過什麼？"

"沒什麼，反正這個女孩與妳無關。"

"怎麼會無關？我就要成為她的後媽了。"

女人依然三緘其口，魏茹萍只好改問事業。

"對不起，我不清楚。"女人答。

"那麼幫我招個財吧！"

"我又不是財神爺。"

魏茹萍迷糊了，這個不清楚，那個不會，算什麼女巫？

"好吧！不勉強，那就到這裡吧！多少錢？"她問。

"不要錢。"

"不要錢？真的？"

"真的。"

“那好，謝了！”

當魏茹萍[illegible]踏山茶館，天際忽然傳來一聲雷鳴。

“不知峰哥的班機起飛了沒？”魏茹萍心想，“希望他一路平安！”

第六位客人：小魚兒

小魚兒－１

I

小學三年級之前，父親在小魚兒的心目中就像神一樣的存在，直到自己被同學欺負，她老爸氣呼呼地衝到學校揍人，神主牌才轟然倒塌。

"小朋友，如果有人打你或罵你，你該怎麼辦？"老師在課堂上問。

"告訴老師。"學生們一致回答。

"對，要告訴老師，讓老師來處理，而不是以暴制暴，那是不文明的行為。"

小魚兒的頭低得不能再低，這說的正是自己的父親，她感覺難為情極了。

年歲漸長，她也逐漸意識到父親所從事行業的特殊性，講得好聽點兒就是黑道大哥，講得不好聽點兒就是地痞流氓；母親也好不到哪裡去，成天不是逛街就是打牌，再不然就是和父親上演全武行，然後鼻青眼腫地述說著自己的不幸。

"于小娥，最近有沒有人欺負妳？" 偶爾見上面的父親問。

由於父親到校打人的記憶太過深刻，她哪敢承認（事實上也沒人敢"再"欺負她）？

"沒有。" 她答。

"錢夠不夠花？" 她父親又問。

"夠。"

然而父親還是給了她好幾張大鈔，彷彿這就盡到關愛的義務。

別看小魚兒的父親對她出手闊綽，到了另一個女人那裡，則完全是另一張臉孔。

"上個月才給過妳20萬，錢都花到哪裡去了？" 這是她父親的聲音。

"你以為20萬很多是嗎？買個包都不止這個數。" 這是她母親的聲音。

"買包？呵呵呵......別以為我不知道妳在玩什麼把戲，別讓我抓到。"

"你抓啊！現在就抓，不抓你就是卒仔！"

（注："卒仔"是臺灣方言，意思是外表很強悍，實際卻很膽小。）

這類的對話數不勝數，運氣好的話，鬥鬥嘴就偃旗息鼓；運氣不好的話，兩人大打出手（最後總以母親戰敗作終結）。

正因如此，小魚兒的母親曾不止一次控訴丈夫家暴，還抓來女兒當見證人，但小魚兒總以自己未親眼目睹為藉口，逃避站隊，這讓她的母親頗為心寒和不滿。

在小魚兒看來，打人固然不對，但自己的母親也非善類，有時還刻意激怒父親。換言之，母親的每一次捱打都不冤，反倒顯得脾氣直來直往的父親更加值得同情。

由於父母之間的矛盾與日俱增且到了不可調和的地步，小魚兒決定逃到對岸上大學，來個眼不見為淨！

"丁小娥，上大學可以，但別跟外省仔結親，還是臺灣男生好，懂得疼老婆。"父親對她說。

也許在外人看來很不可思議，但小魚兒的父親的確把自己歸為"疼老婆"的典範（實際上也是，否則也不會次次都替妻子收拾殘局，包括那永遠也還不完的賭債）。

"安啦！我的標準很高的，很少人能入我的眼。"小魚兒自信滿滿地答。

然而才入學沒多久，她就被一個模範生模樣的人給迷住了，事後回想，大概是卓家新身上的穩定氣質吸引了她（小魚兒的原生家庭太過風雨飄搖，她極度渴望過上"一日兩人三餐四季"的恬淡生活）。

轉眼來到一年一度的聖誕舞會上，原本就"妹有意"的小魚兒遇到卓家新來邀舞，她想都不想，直接拉人進舞池。

待曲終人散後，小魚兒問卓家新為什麼選擇紡織工程專業？

"這樣我才能遇見妳。"他答。

"真的假的？"

"當然是真的，如果四個月前有人問我這個問題，答案肯定不一樣，但現在的我的確是這麼想的，不信的話，我可以對天發誓……"

小魚兒第一次遇到這麼沒幽默感的人，她邊笑邊說："你好好玩喔！"

"我不是用來玩的。"

聽卓家新這麼一答，再看到他臉上嚴肅的表情，小魚兒實在忍俊不禁，直接掛在對方身上。

"妳還好嗎？"卓家新問。

“厚，一整個都被你打敗了啦！”她推開他，“你確定你是地球人？”

“我是。”

這次小魚兒笑到肚疼，直接蹲在地上，

“妳……妳能告訴我哪裡說錯了嗎？”卓家新小心地問。

“你沒錯，”小魚兒終於止住笑，接著站起身，“看來我們需要多接觸一下。”

爾後，他倆的關係迅速發展起來，即使後來知道這個男孩子的父母是公務員（肯定會與黑道家族劃清界限），小魚兒還是義無反顧地將愛進行到底，直到她父親突然造訪，事情才有了變化。

“我爸來了，別出聲！”她對床上的男友說，然後快速穿上衣服去應門。

當小魚兒與久未見面的父親站在門口四目相望時，房間內忽然傳來“哐噹”一聲，她趕緊說：“爸，我八肚么，我們出去呷宵夜。”

“現在已經凌晨一點多了。”

“凌晨三點還能呷宵夜，何況一點？走！現在就去。”

吃完宵夜，她父親對她說：“我要見見那個男孩子。”

“什麼男孩子？”

“別裝了，妳一開門，我就看到地上有雙男士運動鞋。”

次日，她把“噩耗”告訴男友，卓家新倒很配合，讓她頗感欣慰。哪知世紀大會面之後，男友肉眼可見地冷落自己，她直覺一定是父親搞的鬼，所以把氣都發在他身上。

“于小娥，這個男生不能要，我稍微恐嚇一下，他就成了縮頭烏龜。”她父親在電話中說。

“誰讓你恐嚇他？我的男人我自己顧，不用你操心！”

"妳是真不懂還是假不懂？他父母是當官的，這種人家還是少碰為妙，省得麻煩！"

小魚兒怎會不懂？但已經愛上了怎麼辦？她只能樂觀地相信"船到橋頭自然直"，再不然，還可以把人拐到臺灣，反正怎麼舒適怎麼來。

然而事情並沒有往她預想的方向發展……

小魚兒－2

2

小魚兒感覺自己正坐在一輛失控的車裡，她拼命想把方向盤往回扳，結果不僅徒勞，反而加速往山下衝去……

"你回家不帶點兒東西給你爸媽？"她對從房間裡走出來的卓家新說。

"不用了，他們什麼都不缺。"

看男友撒謊的樣子，小魚兒的心都碎了。

"你朋友要的錄音筆帶了沒？"她邊幫他整理衣領邊問。

"……帶了。"

"帶了就好。"她感覺喉嚨發乾，眼淚就要奪眶而出，"我等你回來，多晚都等。"

就在卓家新帶著錄音筆南下浣紗鎮的當晚，她的父親突然現身，連招呼都不打一聲。

"雖然你是我爸，但好歹上門前也通知一聲，搞不好我死了，那你豈不是白跑一趟？"小魚兒沒好氣地說。

"不白跑，我還得幫妳收屍呢！"

她父親一答完，往沙發上一躺，嚷著要女兒倒杯水來。

小魚兒照做，只是端上的是滾水，搞得她父親破口大罵。

"不想待就走，反正我也不想看到你！"小魚兒殘忍地說。

"妳皮癢是不是？不信我揍妳！"

"你揍啊！不揍你就不是我爸。"

她父親一衝動，果然撲了上去，但緊要關頭還是將拳頭收回，轉身把家裡砸得稀巴爛，一時鍋碗瓢盆齊飛。

"你砸啊！最好把屋子報銷掉，反正已經不能再壞。"小魚兒邊說邊哽咽。

于峰這次來訪其實帶著任務，就是親口告訴女兒——他離婚了，不過看樣子于小娥已提前收到風聲，幹！就知道這個女人不能信任（"前妻"答應由他來傳達，結果卻先一步透露消息）。

"好了，別想太多，日子還是一樣過，我會負擔妳的學費和生活費。"他對女兒說。

"你以為錢是萬能的嗎？再多也回不到從前。"小魚兒遞過來怨恨的眼神，"是你……是你嚇走了他，你還我一個卓家新，你還啊！"

聽到這裡，于峰恍然大悟，原來女兒與男友不和，結果把氣全發到自己身上。

"有句話長痛不如……"

于峰話還沒說完，自己的女兒哭得撕心裂肺，他再也說不下去，只能拍拍她的肩膀，安慰她一切都會變好。

一切真的會變好嗎？于峰的黑道事業越來越難以為繼，不僅小弟經常出狀況，旗下幾家正經做生意的公司也年年虧損，加上兩岸對灰色產業抓得緊，讓他倍感壓力，如果不是為了女兒和魏茹萍，他真想甩擔子不挑。

"你走.........嗚嗚嗚......" 小魚兒一把鼻涕一把淚，"你走啊！"

為了不進一步刺激女兒，屁股還沒坐熱的于峰便移駕到附近的酒店，心想："等于小娥冷靜下來，我再告訴她離婚的事。"

小魚兒－3

3

小魚兒很平靜地接受父母離婚的事實，還說這婚早該離了，省得她整天活在烏煙瘴氣之中……

"幹！"她父親火冒三丈，"要不是不想影響妳考大學，我何苦忍到現在？"

"還說呢！你倆若早離了，我這會兒不是上臺大，就是上北大，何苦淪落到一所破爛學校？"

"也對轟，這樣妳就不會遇到姓卓的。"她父親勝利一笑，"回答我，那小子是不是外面有人了？"

本來小魚兒想刺一下自己的父親，沒想到被反將一軍。

"我也不知道他是不是有人了，但感覺怪怪的，因為他開始跟我撒謊了。"

"你娘的！竟敢欺負到我女兒頭上，看我不砍斷他的腿！"

小魚兒很清楚自己的父親，別人說的狠話大多一時衝動，不會真的實施，但她的父親不一樣，嚴重是會死人的。

"你若敢動他一根手指，我立刻死給你看！"小魚兒說。

"妳就只會跟令爸大小聲，也不想想我做的全是為了妳，妳啊！真夠叫人寒心！"

在小魚兒的印象中，她的父親就算打落牙齒，也會和血吞下去，別想讓他落下一滴淚，可是此時此刻，這個一生要強的男人卻眼眶含淚，反倒讓小魚兒無所適從。

"爸，我也只是說說而已，你別放在心上。"她蹲在父親跟前，"你是不是哭了？"

"哭三小？！"于峰推開女兒，"是眼睛過敏，妳多久沒打掃屋子？家裡到處都是灰塵！"

這對父女在玩笑中冰釋前嫌，爾後，于峰問女兒是不是跟定姓卓的？

"嗯！我很愛很愛他，如果不能在一起，我寧願死掉。"她答。

于峰是個狠人，做人做事向來乾脆利落，從不拖泥帶水，但唯獨對女兒優柔寡斷。在他看來，世上唯一不需提防的人就是自己的女兒于小娥，這孩子同時還擔起為他養老送終的重責，所以再怎麼疼惜都不為過。如今她愛上一個外省仔，怎麼勸說都沒用，于峰也只能山不轉路轉。

"我答應妳，"他說，"如果這個男孩子跟妳求婚，我會提早退休，成全你倆。"

小魚兒萬萬沒想到父親會為了她，犧牲到這種程度。

"真的？"她問。

"當然是真的。"

小魚兒太激動了，忍不住擁抱父親，說："爸，我愛你！"

“少來這套！”他苦笑，“妳的愛未免也太功利了。”

搞定了父親這一關，接下來只要把男友抓到同一陣營即可，然而從浣紗鎮回來後的卓家新卻更加鬱鬱寡歡，小魚兒的心變得好冰涼。

誰能想到這樣“貌合神離”的日子會持續這麼久，一眨眼，半年過去了。在這期間，小魚兒做過各種努力，可惜收效甚微。

這一天，趁著兩人都考完期末考試，她對男友說：“我想回臺灣一趟。”

“也好，反正開學前趕得回來就行。”

“你會等我嗎？”

“什麼意思？”

“等我回來。”

卓家新被問住了，自從看到錢婉兒挽著一個男人的手，甜蜜地走在浣紗路上，他百爪撓心，做什麼都不起勁，一心只想著拿到畢業證就回去找佳人，如今小魚兒問他會不會等她回來？他一時語塞。

“你如果決定不等了，那我就在臺灣隨便找個男生，總不能兩頭空，對吧？！”小魚兒帶笑說，但那笑比哭還難看。

“我等，妳就安心回去吧！”他答。

結果小魚兒前腳一走，他後腳就火速搬回父母家，臨走前不忘把屬於自己的東西都帶走。

“對不起，”卓家新對著已住了近兩年的屋子說，“我的心已不在這裡。”

小魚兒－4

4

回到臺灣的小魚兒徹底放開，不僅夜夜笙歌，還同時跟好幾個男生搞曖昧，如果不是父親派出的"保鏢"時刻盯著，難保不出事！

"我以為妳愛的是姓卓的。" 她父親不解地問。

"哈哈！我是愛他啊！可是人家不愛我，我能怎麼辦？"

"幹！我……"

沒等父親發出死亡通緝令，小魚兒改口兩人的感情好得很，怪就怪在她太愛玩了，不關卓家新什麼事！

"玩歸玩，可別真的擦槍走火，否則事情大條了。" 她父親說。

"安啦！我是峰哥的女兒，怎麼可能擦槍走火？你也太小看我了！"

事實證明，小魚兒越放縱，心裡就越空虛，也就越發想念卓家新，可是她的男人大概率是丟了，否則也不會這麼久都不聯繫她（一開始的不聯繫是小魚兒刻意為之，目的是想看看對方的反應，沒想到弄巧成拙，卓家新竟然也玩起失蹤）。

忍了二十多天後，小魚兒還是忍不下去了，決定回大陸一探究竟。

"妳不是說要待到八月底嗎？我正想過兩天把魏阿姨介紹給妳認識。"她父親說。

"那個不急，我……我忽然想起家裡的瓦斯好像忘了關。"

"幹！都那麼多天過去了，要爆炸早爆炸了。"

"那我回去看爆炸了沒，你就好酒好菜侍候魏阿姨，人家好不容易來一趟，千萬不能怠慢了。"

就在魏茹萍抵達桃園中正機場的同一天，小魚兒坐上飛機飛往華北。

"在、不在、在、不在……"小魚兒數著飛機餐裡的青豆，"在……在。"

小魚兒把叉子放下，然後看著舷窗外的雲朵放愣，心裡很是惆悵。

小魚兒－5

5

看著曾經熟悉的屋子，小魚兒感覺好陌生，鞋架上沒有卓家新的鞋子，衣櫃裡沒有卓家新的衣服，就連小魚兒一直看不上眼，而卓家新卻覺得好用的炒菜機也跟著不翼而飛……

"這明明是我家，可是為什麼我感覺像是走入別人的家裡？"小魚兒喃喃道。

空腹兩天後，小魚兒還是決定吃點兒東西，結果冰箱空蕩蕩的，於是她轉向廚房，當發現兩包還未過期的泡麵時，不知怎的，她怒火中燒——既然決定把東西都帶走，為什麼還要留下泡麵？

盛怒下的小魚兒不管三七二十一，直接打給卓家新，要他立刻、馬上把他的泡麵帶走。

"妳可以扔到垃圾桶裡。"他說。

"要扔也是你扔，為什麼我要替你善後？"

卓家新嘆了一口氣，答：「三個小時內到。」

當門鈴聲響起時，小魚兒已經等得快睡著，還好臉上的妝沒花。

「泡麵在哪裡？」他問。

「老地方。」

於是卓家新走向廚房，打開吊櫃，稍微猶豫了一下後，他伸手去拿康師傅的那一包。

「你記不記得我們曾經為了哪家的老壇酸菜牛肉麵更好吃而爭得面紅耳赤？」小魚兒忽然開口問。

「當然記得，」他闔上櫃門，「所以我沒拿走妳愛吃的統一牌子。」

「如果你要，這裡的東西你全可帶走，包括我的心。」

這種場面讓卓家新如坐針氈，他明知小魚兒深愛他，但他還是想再努力一把，雖然……雖然錢婉兒已經明確拒絕他的表白。

「小魚兒，夸父決定追日時肯定也曾懷疑過，但他還是去追。」

「你到底想說什麼？我們的事關夸父什麼事？」

「我想說的是——人生只有一回，我想去追心目中的太陽。」

「如果……如果那個太陽太過遙遠，或者根本不存在，你還是決定去追嗎？」

卓家新沉默一會兒後，果斷點頭。剎那間，小魚兒的天地全毀了。

「你說謊！」她用力捶打他，「你明明說過會等我回來，結果自己卻跑了，現在又要去追……追太陽，你怎麼可以……怎麼可以這麼欺負人？」

卓家新不吭一聲，也不還手，任由小魚兒發洩，直到她再也
打不下去為止。

"你走吧！"她氣若游絲地說。

"小魚兒，我……"

"趁我還沒改變主意，趕緊走，否則就走不了了。"

當房門關上時，小魚兒泣不成聲，這就是她的愛情，走得可
真決絕啊！

小魚兒-6

6

當卓家新聽到錢家染坊就要暫停營業的消息時，恰好是開門的最後一天，他二話不說，即刻趕往浣紗鎮……

"為什麼停業？"他問錢婉兒。

"為了更好的出發，同時也藉機把自己的終身大事給辦了。"她答。

"妳……妳還不明白我的心意嗎？還有，那個人從事殯葬業，妳確定你倆有共同話題？"

"這不是你該關心的事，而且我已經明確拒絕過你，所以……"錢婉兒嘆了一口氣，"你走吧！別再來找我，我不希望我愛的人產生誤會。"

至此，卓家新的追日行動算是宣告失敗，他失魂落魄地走在浣紗路上，直至有人反覆呼喚他的名，說的是——卓家新，臺灣小姐姐找你。

卓家新趕緊攔下那名騎自行車的小男孩，結果發現這孩子正是旅館老闆的兒子。

“我是卓家新，你說的臺灣小姐姐是怎麼回事？”

小男孩上下打量眼前人，答：“我見過你。”

“沒錯，我住過你家……開的旅館，現在告訴我——臺灣小姐姐在哪裡？”

“半小時前還在巫覡茶館附近，現在在哪裡就不清楚了。”

卓家新知道這家茶館，今年元旦期間他還曾進去過。

“謝了，我這就去找。對了，是臺灣小姐姐讓你來找我的嗎？”

“是呀！”他掏出口袋裡的鈔票揚了揚，“她還給我一百元臺幣，可以在臺灣買兩杯珍珠奶茶呢！”

浣紗路上的
小魚兒……

雖然一路險象環生，但最終還是抵達目的地。

"原來他又來到浣紗鎮，我倒要看看這個女人有什麼三頭六臂？"小魚兒心想。

然而才一會兒的工夫，小魚兒便跟丟了，放眼望去，哪裡還有卓家新的影子？她急得跺腳。

"妳是不是丟東西了？"一個留著小平頭且有一對招風耳的小男孩停下自行車間。

"我丟人了。"她忽然意識到自己說錯話了，"算了，當我沒說。"

"其實浣紗鎮不大，妳只要告訴我名字，我幫妳去找。"

"真的假的？那太好了，他叫卓家新……等等，我看還是算了。"

卓家新搬回老家與父母同住，為了跟蹤男友，小魚兒不得不入住賓館，不僅生活上有許多不便之處，這段期間又是一年當中最酷熱的時候，以致她那曾引以為傲的白皙膚色被曬成了古銅色，由此可見她為愛情做了多大的犧牲。如今小男孩自願幫她找人，用意雖好，但不可行，因為總不能讓被跟蹤者知道自己被跟蹤吧？！

「為什麼算了？他不重要嗎？」小男孩問。

「正因為重要，所以才算了。」

看小男孩一頭霧水的樣子，小魚兒趕緊轉移注意力，給了他一百元。

「妳為什麼給我錢？而且這錢還長得不一樣！」

「因……因為感謝你的善心呀！我本來想給人民幣，可惜身上只有臺幣，不好意思轟！」

小男孩拿起臺幣瞧了又瞧，接著問臺幣一百元大不大？

「看你買什麼，如果買珍珠奶茶的話，大概可以買兩杯。」

想到還沒去臺灣就已經擁有可以在臺灣買下兩杯珍珠奶茶的錢，小男孩很開心地收下，同時問：「妳待會兒去哪裡？」

「大概先喝杯涼的，我熱死了！」

於是小男孩告訴她哪裡能買到涼飲。

「這家呢？」小魚兒指向最靠近自己的茶館問。

「這家不開門。」

「真的假的？門上明明掛著‘營業中’的牌子。」

「不信妳推推看。」他重新跨上自行車，「我先走了，再見！」

小男孩走後，小魚兒橫豎沒事，加上口渴難耐，於是上前推了推茶館的門，結果門開了。

「我就說嘛！門上明明掛著‘營業中’的牌子，怎麼可能不開門？」小魚兒邊想邊踏入茶館。

「歡迎光臨！」蒼老的聲音傳來。

待小魚兒適應屋內的光線，她看見一位老爺爺佝僂著背，正將一件件物品放進紙箱內。

"您好，請問......"

小魚兒話還沒說完，老爺爺告訴她這裡的東西買一送一，如果買兩件，還能再打對折。

優惠力度倒是挺大的，可惜商品瞧著都挺令人毛骨悚然，有的甚至發出難聞的氣味。

小魚兒猶豫了一下，才拿起一個裝著毛線的試管察看，結果老爺爺立即將其他試管收起來。

"我以為您想賣東西。"小魚兒問。

"我是想賣呀！但時間緊迫，我得趕緊打包。"

"什麼意思？"

"這家店就要關門大吉了，因為買的人太少，入不敷出。"

想到這麼大歲數的人還在為生活奔波，小魚兒不禁心生憐憫，於是挑了幾個看起來比較"正常"的買，可是老爺爺的反應再次出人意料。

"買這些對妳都沒用，白浪費錢而已。"他說。

"那麼您說哪個對我有用？"

老爺爺左顧右盼，最後望向牆上的時鐘，說："快三點了！"

這座掛鐘算是店內少數幾個"不奇怪"的東西之一，實木製作，最上端有個鹿頭，正中是一隻狐狸（它的腹部便是鐘面），狐狸的兩旁分別站著兔子和熊，而鐘的下方有三個松果造型的擺錘。

小魚兒以為老爺爺接下來會做點兒什麼，結果他目不轉睛地盯著時鐘看。

"請問......"

"噓！快到了，三、二、一。"

老爺爺一數完，狐狸頭上方的小木門忽然打開，一隻布穀鳥衝出，發出悅耳的"咕咕"聲。

就在鳥兒發出第三聲"咕咕"時，老爺爺以迅雷不及掩耳的速度拿走小木門內的一樣東西。

"那是什麼？"小魚兒湊了過去，"看起來像個藥片。"

"的確是藥片。"老爺爺答，"把它溶入液體中，飲用者便會愛上給他藥劑的那個人。"

這豈不是傳說中的迷情劑？

"請問這是永久性的嗎？"小魚兒問。

"沒有什麼是永久性的，這藥的藥效是24小時，超過24小時便會重新回到原點，除非妳想要的是忘情水，那個藥效長，能達到數年之久。"

小魚兒又問何謂忘情水？

老爺爺答忘情水類似孟婆湯，差別在於喝下前者只會忘掉愛情的部分，其他仍有記憶。

"那麼請給我藥片和忘情水。"小魚兒答。

"好的，請稍等。"老爺爺將藥片和藥水分別裝入密封袋內，"妳需不需要解藥？"

"還有解藥？"小魚兒驚訝問道。

"當然有解藥，妳沒看過武俠小說嗎？"

小魚兒當然看過，而且她還是個金庸迷。

"不需要解藥。"她果斷地答。

"妳確定？"

"確定。"

收下迷情劑和忘情水後，小魚兒問一共多少錢？

老爺爺答這裡的東西買一送一，買兩件還可以再打對折，既然小魚兒買下兩件，那就是對折再對折，等於０元。

"老爺爺，您算錯了。"小魚兒笑說。

"不會錯的，我老歸老，頭腦清楚得很！"

小魚兒還想說什麼，老爺爺忽然問她渴不渴？想不想上樓喝杯茶？

"樓上是茶館嗎？"她問。

"正是，外面的門頭招牌上寫得清清楚楚的。"

老爺爺若不說，小魚兒根本不會想到盡頭處的木梯通向茶館。

"那我上去囉！"她說。

"小心臺階，"老人叮囑著，"踩空就不妙了。"

然而小魚兒還是踩空了，因為樓上太過雅緻，害她出了神。

"小心！"一個穿齊胸襦裙漢服的女子上前攙扶，"妳還好吧？！"

"好，"小魚兒終於站上二樓，"謝謝！"

"不客氣，您喝茶嗎？"

來茶館當然喝茶，於是她答："是的，請給我來一杯，任何一種都行。"

趁著女子去準備茶水，小魚兒終於覷了個空能仔細觀察四周，她翻了翻博古架上的古籍，又摸了摸陶瓷做的小擺件，轉身再把魚飼料偷偷倒進陶缸裡，直到上樓的腳步聲傳來，她才在板凳上坐下。

"天氣熱，我為您準備的是苦丁茶，這茶不僅能清熱解毒，還能降三高和減肥瘦身。"穿漢服的女子說。

小魚兒只想解渴，功效什麼的根本不在乎，結果才喝了一口，她便叫苦連天。

「苦丁茶當然苦，不苦就不叫苦丁茶了。」她隨即坐下，同時撿起桌上的羅漢杯察看，「但與愛情的苦一比，這茶一點兒也不苦。」

「看來妳也曾為愛受過傷。」小魚兒說。

「那倒沒有，而是妳喝過的茶水告訴我的。」

一般人都會質疑話裡的真實性，但小魚兒不一樣，她不僅相信，還央求對方告訴她更多。

「妳是第一個對我的話不表懷疑的人，」女子再度察看茶水，「我看到了兩顆破碎的心。」

小魚兒的確有一顆破碎的心，但另一顆又是誰的？

女子答另一顆的主人正往這裡走來。

「這裡？」小魚兒左顧右盼，「哪有？」

「您看看窗外。」

聽到這個提示，小魚兒先走向西向的窗子，看到的是鄰近住戶的屋頂以及高傲地站在風火牆上的黑色鳥，哪有人影？於是她往東向的窗子走去，這次她看到涓涓細流的浣紗河與三五成群的路人，而路人之一正是卓家新，他行色匆匆，似乎有要緊的事待辦。

小魚兒往後一退，離開了窗口。

「看到了嗎？」女子問。

「看到了，現在怎麼辦？」

「妳身上不是有迷情劑和忘情水？擇一放入苦丁茶內，我想辦法讓那個男人喝下。」

小魚兒愣住了，還有這種操作？

“快！他已經在樓下了。”女子催促著。

此時的小魚兒陷入兩難，如果選擇迷情劑，卓家新只會愛她一天；倘若選擇忘情水，卓家新雖然能忘記那個三頭六臂的女人，但同時也會忘了她……

當聽到有人上樓的聲音，小魚兒已經沒時間考慮，她匆忙扔下一樣東西，然後躲到陶缸後面。

“請問有沒有一個臺灣女生上這裡來？”這是卓家新的聲音。

“走了。”這是女子的聲音。

“走了？什麼時候的事？”

“剛剛。”

“那我趕緊下去找。”

“她很快會回來，你何不坐下來等？”

卓家新琢磨了一下，既然小魚兒很快會回來，他還是等等吧！於是坐了下來。

“這個臺灣女生是你的什麼人？”女子問。

“她是……我的女朋友。”

“你倆走丟了？”

這句問話讓卓家新感慨萬千，為了一個女人，他倆的確走丟了。

“是的，所以我想把她找回來。”他答。

本來卓家新的心全在錢婉兒身上，二度被拒後，他才驚覺過去幾個月自己做了一場不肯醒來的白日夢，與此同時，他也想起小魚兒的好。

“渴了吧？！”女子把羅漢杯推過去，“喝口茶潤潤喉。”

想到卓家新就要喝下“加料”的苦丁茶，小魚兒趕緊現身，並且奪下杯子。

“小魚兒，”卓家新大喜，“妳……妳回來了。”

“我回來了。”她停頓了一下，“這茶很苦，別喝！陪我去喝桂花糖水。”

小魚兒能回來比什麼都重要，當然陪著喝糖水。

“妳就不怕這個男人只是一時興起？”穿齊胸襦裙漢服的女子忽然開口，“等把人找回來後又會弄丟。”

從表面上看，話是對小魚兒說，但實際何嘗不是給予卓家新一個表心跡的機會？

“不會的，”卓家新立即否認，同時深情款款地注視著小魚兒，“這次我會牢牢握緊她的手，不再讓她走丟了。”

後記

小魚兒和卓家新走後，人們再也找不到巫覡茶館，倒是原址出現了一家繡花鞋店，門上的鎖頭已生鏽，看起來空置很久的樣子……

《完結》

作者介紹

在異國的背景下加入纏綿悱惻的愛情故事是B杜小說的一大特點，她的文筆清新、筆觸詼諧、畫面感很強，讀完小說有種看完一部愛情偶像劇的感覺，特別適合懷春少女及對愛情有憧憬的女性閱讀。

另外，B杜還創作了散文、嚴肅小說、系列小說等，歡迎關注。

Also by B杜

巫觋茶馆之浣纱路篇（简体字版）The Witch & Warlock
Teahouse on Huansha Road （in simplified Chinese characters）

* * *

《法蘭西情人》Love in France

《東瀛之愛》Love in Japan

《新西蘭之戀》Love in New Zealand

《英倫玫瑰》Love in England

《愛在暹羅》Love in Thailand

《情定布拉格》Love in Prague

《獅城情緣》Love in Singapore

《愛上比佛利》Love in Beverly Hills

《夢回楓葉國》Love in Canada

《早安，歐巴》Love in Korea

《我在蘇黎世等風也等你》Love in Switzerland

《迪拜公主的祕密情人》Love in Dubai

《馬力歷險記1之地球軸心》The Adventure of Ma Li (1): The Time Axis

《馬力歷險記2之黃金國》The Adventure of Ma Li (2): Eldorado

《馬力歷險記3之可可島寶藏》The Adventure of Ma Li (3): The Treasure of Cocos Island

《B杜極短篇故事集（1～100）》A Word to the Wise (Tales 1～100)

《B杜極短篇故事集（101～200）》A Word to the Wise (Tales 101～200)

《B杜極短篇故事集（201～300）》A Word to the Wise (Tales 201～300)

《B杜極短篇故事集（301～400）》A Word to the Wise (Tales 301～400)

《B杜極短篇故事集（401～500）》A Word to the Wise (Tales 401～500)

《B杜極短篇故事集（501～600）》A Word to the Wise (Tales 501～600)

《B杜極短篇故事集（601～700）》A Word to the Wise (Tales 601～700)

《巫覡咖啡館之梧桐路篇》The Witch & Warlock Café on Wutong Road

《鴻溝》A World Apart

《潔西卡》Jessica

《我的泰國養老生活1》My Retirement Life in Thailand (1)

出版社介紹

如意出版社（Luyi Publishing）在英國註冊，致力於將優秀作品介紹給全球讀者，聯繫方式如下：

郵箱1：Luyipublishing@163.com

郵箱2：Luyipublishing@gmail.com